BIBLIOTECA ANTAGONISTA

26

EDITORA ÂYINÉ

Belo Horizonte | Veneza

DIRETOR EDITORIAL
Pedro Fonseca

COORDENAÇÃO EDITORIAL
André Bezamat

CONSELHEIRO EDITORIAL
Simone Cristoforetti

EDITORA ÂYINÉ
Praça Carlos Chagas, 49 2° andar
CEP 30170-140 Belo Horizonte
+55 (31) 32914164
www.ayine.com.br
info@ayine.com.br

W. L. TOCHMAN

COMO SE VOCÊ COMESSE UMA PEDRA

TRADUÇÃO **Eneida Favre**
PREPARAÇÃO **Érika Nogueira Vieira**
REVISÃO TÉCNICA **Piotr Kilanowski**
REVISÃO **Andrea Stahel | Fernanda Alvares**

TÍTULO ORIGINAL:

JAKBYŚ KAMIEŃ JADŁA

This publication has been supported by the ©POLAND Translation Program
Este livro foi publicado com o apoio do ©POLAND Translation Program

© 2019 EDITORA ÂYINÉ

IMAGEM DA CAPA: **Julia Geiser**
PROJETO GRÁFICO: **ernésto**

SUMÁRIO

COMO SE VOCÊ COMESSE UMA PEDRA...... **17**

Temperatura negativa...... **21**
As roupas...... **25**
Body bags...... **29**
O banho...... **35**
O ônibus...... **41**
Cromossomos...... **43**
A estrada...... **49**
As ameixeiras...... **53**
A cordinha...... **57**
A casa da família...... **65**
Informações pré-óbito...... **73**
As mães...... **77**
Canícula...... **83**
Os narcisos...... **87**
Felicidade...... **91**
O sonho...... **93**

A viúva **95**
Os subúrbios **103**
Os cozinheiros **107**
A garagem **115**
As rochas **121**
As montanhas de Herzegovina **127**
Os vizinhos **131**
Os lobos **137**
Jaula **139**
As galochas **143**
O porão **145**
Falsificação **149**
O motel no lago **151**
Perguntas que não se fazem **155**
Nome e sobrenome **157**
As limpezas **159**
As árvores **161**
Boa notícia **165**
Duas mulheres **171**
Sorte das mães **173**
O monumento **175**
O retorno **179**

Rangidos	181
O último dia das férias	183
O pimentão	185
Uma visão agradável	189
A praia	191
Aquele mês de julho	193
O tratorzinho	199
Mulher idosa	203
O poço	205
Ewa na casa de Mejra	207
O livro	211
Quebra-cabeça	215
Fraturas	219
A caverna	223
O brinquedo	231
O pavilhão	233
O filho de Sadeta	239
A primeira tampa, a segunda	247
A terra	253

COMO SE VOCÊ COMESSE UMA PEDRA

Quando vemos desgraças tão terríveis, surge a sensação extremamente forte de que somos, antes de tudo, seres humanos. E, somente depois, de que somos seres humanos com determinada nacionalidade. O sentimento de humanidade nos une quando experimentamos a desgraça. Gostaria que as pessoas compreendessem isso dessa forma.

Tadeusz Mazowiecki

Relator especial da Organização das Nações Unidas dos países da antiga Iugoslávia nos anos 1992-1995

TEMPERATURA NEGATIVA

Era o último dia do ano em que a guerra começou (1992). Estávamos levando ajuda para a cidade sitiada. Entramos na Bósnia pelo sul. Antes de chegar o crepúsculo, tivemos tempo de ver os vilarejos nos quais ninguém mais morava. Casas e templos assolados. O que fizeram com as pessoas?

Atravessamos a cidade de Mostar, mas não a vimos. A cidade era como uma floresta: como algo que vemos passar atrás de uma janela escura, mas que não se sabe o que é. Medo de parar, medo de entrar naquela floresta. Um pouquinho antes de Sarajevo, os soldados sérvios nos detiveram; estavam bêbados. Uma hora riam para nós e logo depois gritavam conosco.

Foi assim durante toda a noite até o amanhecer. De manhã cedo pegaram parte da nossa carga e permitiram que entrássemos na cidade. A temperatura estava abaixo de zero.

Na cidade, por entre casas e blocos de apartamentos cheios de buracos de balas, vimos pessoas famintas e amedrontadas. Nós também estávamos com medo, porque atiravam sem parar. Dragan L., filho de uma croata e de um sérvio bósnio que decidiram ficar na cidade sitiada, cuidou de nós. Era um excelente guia e cuidador. Dizia que, quando tudo aquilo terminasse, e se ele ainda estivesse vivo, fugiria para algum outro lugar do mundo, porque ali já não haveria vida. Onde estará ele agora?

No hospital, conversamos com pessoas sem mãos, sem pés e sem olhos. Sylwia, cujo sobrenome não anotamos, era anestesista ali. Ela dizia: — Precisamos de antibióticos, bandagens, camas, muletas, próteses, cadeiras de roda e caixões.

Nas ruas, também vimos jornalistas: repórteres, fotojornalistas e cinegrafistas. Escritores e cineastas vinham para cá. Andavam em grupos ou sozinhos. Falavam em muitos idiomas. Vimos muitos deles um ano depois (em fevereiro de 1994), quando vieram aqui em massa para ver o mercado no Markale, onde, em segundos, uma granada massacrou dezenas de pessoas.

Milhares de comunicados, reportagens, exposições, livros, álbuns, documentários e filmes de ficção sobre a guerra da Bósnia foram produzidos. Mas, quando a guerra acabou (ou, como julgam alguns, ficou interrompida por algum tempo), os repórteres embalaram suas câmeras e imediatamente partiram para outras guerras.

AS ROUPAS

A sala de teatro na casa de cultura do vilarejo abre uma vez por semana — na quinta-feira. Qualquer um pode entrar e olhar. Então vêm pessoas das redondezas e também de longe. Acreditam que é aqui que vão resolver seu caso. Na sala de teatro há um palco, mas não espectadores. As roupas foram colocadas em cima da terracota marrom. Antes disso, foram separadas: essa foi achada vestindo o primeiro homem, aquela, o septuagésimo. Todas foram lavadas para recuperar as cores. Foram colocadas em uma corda para secar. Agora as roupas coloridas estão no chão, uma bem perto da outra, embora separadas. Raramente existe um traje completo. Por exemplo, bem pertinho da entrada, está apenas uma camisa de malha listrada de branco e azul. Com certeza, quem a usava era um homem de porte distinto. Já com essa, com a inscrição «Montana», andava algum magrelo. Mais adiante: uma calça de veludo cotelê, que já foi branca e agora é amarelada. Quem a usava? Abaixo da janela, apenas uma perna de calça jeans. De quem? Mais adiante: só um cinto de couro, só uma sunga, só um tênis, só uma meia preta. Junto a cada roupa (ou melhor, junto aos trapos) — o saco de papel de onde os trapos foram retirados. E uma folha de papel com um grande número impresso no computador.

Também há letras:

B — significa que as roupas correspondem a um conjunto de ossos, crânio e dentes. Existe um corpo completo (*body*).

bP — não há um conjunto, há alguns ossos. Partes do corpo (*body parts*).

A — apenas a roupa e eventualmente alguns objetos (*artifacts*). Nenhum osso.

Tudo foi desenterrado no outono de 1999 não muito longe daqui, em Kevljani (por isso, antes do número temos ainda as letras: KV). A vala comum era alongada, estendendo-se por algumas centenas de metros ao longo da estrada (a valeta do acostamento foi prévia e devidamente aprofundada e, depois de tudo, coberta). Kevljani fica perto da localidade de Omarska, onde, na mina, em 1992, foi criado um campo de concentração para muçulmanos, cessando a atividade da mina naquele mesmo ano. Lá, praticamente só homens estavam presos, embora houvesse também mulheres. A maioria delas sobreviveu.

Na sala de teatro, apresentam-se os familiares ou os amigos do desaparecido, que têm razões para supor que ele chegou ao campo de concentração de Omarska oito anos atrás. Entram, tapam os narizes. Para eles não há outra saída, não conseguem desistir. Vieram aqui para olhar, achar e enterrar. Parece-lhes que assim sentirão conforto e paz.

Eles olham. Entre uma roupa e outra — uma trilha estreita. Para que ninguém encoste o sapato em nada, andam em fila. Param em frente a alguma coisa. Ninguém tem certeza, todos andam um pouco, ficam parados, andam de novo. Isso durante meia hora, uma hora, três horas. Quanto quiserem.

Ratos correm na sala.

Um casal jovem, carregando uma menina de sete anos no colo, procura o pai — o avô da menina. Eles param por um bom tempo diante da roupa KV 22 b.

Uma senhora grisalha vestindo um costume azul-marinho inclina-se sobre outros trapos. Desde a manhã está parada junto àquela única e mesma roupa. Ela a arruma como se quisesse que aparecesse de uma forma mais bonita. Ajeita a calça escura, a camisa clara e aquilo que já fora um suéter bordô. Acaricia aquilo tudo como se acariciasse um homem.

Eles a chamam aqui de Mãe Mejra.

BODY BAGS

Os jovens com a menina de sete anos, que, não muito longe do palco, examinam a roupa KV 22 b, chamam a pessoa responsável pela identificação. Aproxima-se uma senhora grisalha cheia de energia usando jeans. Ela se chama Ewa Elwira Klonowski.

Dra. Ewa Klonowski: nascida em 1946, formada em antropologia, membro da Academia Americana de Ciências Forenses, casada, mãe, emigrante do estado de sítio na Polônia, antes morava em Wrocław e agora, permanentemente, em Reiquiavique (Islândia). Lá ela se especializou em investigação de paternidade, porque não podia trabalhar com sua maior paixão: os ossos.

— Amo os ossos, os ossos falam comigo. Olho os ossos e sei que doenças a pessoa teve, como andava, como gostava de se sentar. Consigo adivinhar a nacionalidade pelos ossos. O fêmur de um muçulmano é levemente arqueado, porque os muçulmanos se agacham. O de um japonês também, porque ele se ajoelha com frequência. A história deu à dra. Ewa a oportunidade de um trabalho apaixonante: na Bósnia e Herzegovina. A guerra e o fim da guerra: os campos de concentração, as execuções em massa, as valas comuns, a exumação em massa. A identificação.

A dra. Ewa vacinou-se contra tétano e hepatite, e fez as malas. O marido e as duas filhas adolescentes a levaram ao aeroporto. Ela trabalha na Bósnia desde 1996. Primeiramente para o Tribunal Internacional de Haia (os juízes querem saber: quem matou, de que maneira matou e quantas pessoas; os nomes das vítimas não lhes são necessários). Agora, com o dinheiro dos governos da Islândia e dos Estados Unidos para a Comissão Bósnia de Busca aos Desaparecidos, a identificação das vítimas é uma prioridade por aqui. A dra. Ewa desencavou dois mil corpos. Retirou dos poços, arrastou da caverna, desenterrou dos depósitos de lixo ou de baixo de ossos de porco.

Agora a dra. Ewa verifica rapidamente os papéis, coloca as luvas de látex e sobe no palco. A jovem mulher e seu marido (ainda com a filha nos braços) estão diante do palco. A dra. Ewa caminha (com cuidado, para não pisar em alguma coisa) entre os pequenos sacos plásticos hermeticamente fechados. Procura pelo número KV 22 b.

Já tem o saquinho correspondente, abre-o. Tira de dentro o maxilar superior, a mandíbula com uns poucos dentes e ainda alguns dentes soltos. Coloca-os nos buracos dos dentes correspondentes e monta eficientemente todo o maxilar. Aproxima-se da borda do palco e mostra para a família.

— Esse pode ser o seu pai, senhora?

A jovem mulher observa atentamente, olha para o marido, como se o marido tivesse de aconselhá-la de alguma forma. Sua filhinha continua a tapar o nariz.

— Sim, esse pode ser o meu pai — diz a mulher, completamente calma.

— O.K. — A dra. Ewa embala o maxilar no saquinho e o recoloca no lugar. — Vamos lá.

«Lá» significa ir ao outro lado do vilarejo (o vilarejo se chama Lušci Palanka). Lá — um barracão de concreto, antigamente um refeitório para trabalhadores.

Alguns meses atrás, grandes mesas foram colocadas na frente daquele barracão, e trouxeram uma mangueira com água da propriedade mais próxima. Em volta das mesas, agruparam-se os moradores: homens, mulheres e crianças. Observavam como a dra. Ewa separava os ossos, determinava o sexo e a idade, e depois os embalava nos *body bags*.

Os *body bags* agora estão no chão do barracão sombrio. Esperam por alguém que os reconheça. Os sacos plásticos brancos com zíperes são parecidos com uma capa de terno masculino, só que com dois metros de comprimento.

Procuramos pelo *body bag* KV 22 b. Está lá: está perto da parede, bem no canto. Sob outros sacos. A dra. Ewa coloca de lado os que estão em cima, e puxa o que precisa. Abre o zíper. A menininha olha, ninguém reage. A dra. Ewa não se admira. Admirava-se no início de seu trabalho na Bósnia há quatro anos.

— Por que vocês arrastam as crianças até aqui? — perguntava.

— Para que se lembrem — todos respondiam a mesma coisa.

— O seu pai tinha problemas no quadril? — A doutora segura uma parte da articulação do quadril com a mão direita e a outra parte com a esquerda.

— Ele tinha alguns problemas — diz a mulher. — Fez uma cirurgia.

— Mas ele andava assim? — A doutora mostra como um pato anda.

— Não, acho que não.

— Mas esse provavelmente andava assim. A senhora tem que achar o hospital onde seu pai foi operado. Talvez eles tenham alguns documentos.

— Está bem. Volto na quinta que vem.

— Aí vamos colher seu sangue. Vamos comparar o seu DNA com o DNA desses ossos. Então saberemos com 100% de certeza.

Agora a dra. Ewa tem tempo para um intervalo. Voltamos para a casa de cultura.

A senhora grisalha vestindo o costume azul-marinho, que já tínhamos visto aqui antes, deixa desprotegida por um instante a roupa de que cuidava. Passa um café para nós na sala ao lado.

— Eu sou a Mãe Mejra — é assim que se apresenta. — Venho aqui todas as quintas. Ajudo a dra. Ewa, consolo as famílias.

O BANHO

Mejra Dautovi — (58 anos) morava em Prijedor. Naquela primavera (1992), homens sérvios conduziam jovens muçulmanos à sua frente pelas ruas da cidade; os muçulmanos deviam servir de escudos humanos para eles, protegendo-os contra a defesa territorial daquele local. Nos prédios públicos e estações, a bandeira sérvia tinha sido hasteada. Ordenaram aos muçulmanos que de imediato pendurassem lençóis brancos nas janelas e que colocassem uma faixa branca nas mangas das roupas. Os atiradores assumiam suas posições em blocos.

Hoje Prijedor faz parte da República Sérvia.[1] Lá

---

[1] A República Sérvia não deve ser confundida com a Sérvia ou, oficialmente, a República da Sérvia, país europeu da região balcânica, cuja capital é Belgrado. A República Sérvia é uma das duas entidades políticas que formam a Bósnia e Herzegovina, sendo a outra entidade denominada Federação da Bósnia e Herzegovina. Essa divisão do território da atual Bósnia e Herzegovina foi confirmada no acordo de Dayton, assinado formalmente em dezem-

não há lugar para a Mãe Mejra. Hoje ela mora com o marido em Bosanski Petrovac, não na casa sérvia que lhe pertencia.

Vamos atrás de Mãe Mejra pelas trilhas estreitas entre os trapos de roupas. Paramos perto destes: calças escuras, uma camisa clara e algo que foi um suéter bordô. A Mãe se inclina e ajeita a perna da calça. Ergue-se e avalia se está tudo mesmo com boa apresentação.

— É o Edvin — ela diz, como se estivesse nos apresentando. — Meu filho. O sexo bate, e a idade e a altura, e também os dentes. Só que a dra. Ewa não está inteiramente certa disso. Ainda não examinaram o tal do nosso DNA. Eu tive o Edvin. — Mejra de novo se inclina e ajeita a perna da calça. — Tive também a Edna. Com a minha Edna eu sei como tudo aconteceu. Quem bateu nela e quem a estuprou. Só não sei para onde foi aquele ônibus. Para onde a levaram de Omarska. Não tem roupas em lugar nenhum, nem um chinelo, nada.

---

bro de 1995, que pôs fim aos conflitos conhecidos como Guerra da Bósnia (abril 1992-dezembro 1995). [N.T.]

Há alguns anos Mãe Mejra circula pelas redondezas e cola nos muros as fotografias de seus filhos. Até escreveu um livro falando sobre eles. Ela conta com qualquer informação que a leve à verdade. Quer saber três coisas: como os filhos morreram, quem os matou e onde estão seus ossos.

Quando Mãe Mejra chora (chora todos os dias), esconde-se do marido, para não lhe causar mais sofrimento. Uzeir também está doente, depois de tudo aquilo teve dois derrames, fica calado por dias inteiros. Às vezes, apenas se levanta de um salto e fica batendo com os punhos na cabeça. Cai, fica deitado de costas e esconde com as mãos o rosto retorcido. Contorce-se como se quisesse evitar o próximo chute de um torturador invisível. E leva chute na barriga. Forte. Depois no peito, na cabeça, de novo cobre o rosto. Parece que há também um segundo torturador invisível. Nas costas de Uzeir, no traseiro. Uzeir pula, cai, se curva, é uma grande letra «S». Geme. Mas subitamente para. Levanta-se, fica de pé. Olha com desprezo para algo que está no chão sob seus sapatos. Já não é o pai apavorado que foi ao comissariado sérvio perguntar pelo destino da filha. Agora Uzeir está de pé sobre a vítima invisível e triunfa. Grita algo incompreensível. Chuta com satisfação. É brutal, não para de jeito nenhum, chuta cada vez mais forte.

— Fique calmo — diz Mejra ao marido.

Quando a guerra irrompeu em 1992, seu filho Edvin tinha 27 anos. Era formado, técnico em eletricidade. Sabia inglês e alemão. Praticava caratê, era faixa preta. Naquela primavera, juntou-se à defesa territorial muçulmana e, lá pelo fim de maio, junto com uma centena de soldados, tentou libertar Prijedor. Ferido durante a ação, morreu no dia seguinte. É assim que relatam as testemunhas.

Mas existe também uma segunda versão da morte de Edvin. Outras testemunhas viram-no em Omarska. Viram enquanto era torturado na presença da irmã. Viram quando em 16 de junho jogaram seu cadáver num caminhão amarelo. O caminhão partiu numa direção ignorada. Hoje Mãe Mejra acredita que foi para Kevljani, para a vala ao lado da estrada, que antes havia sido adequadamente aprofundada. Afinal essa é a roupa, a altura bate, o sexo, a idade e os dentes.

Edna, a irmã de Edvin, tinha 23 anos. Alegre, ativa, franca. Trabalhava na loja de artigos industriais que o pai tinha montado para ela no térreo da casa. Estudava pedagogia à distância, em Tuzla. Antes ela queria ser modelo. «Tinha a silhueta da Barbie», Mãe Mejra escreve em seu livro. Com o dinheiro ganho, planejava comprar um cavalo e uma casa numa clareira na montanha. Gostava de caminhar pelas montanhas. Praticava judô e caratê, era boa de tiro. Então, quando a guerra estourou, seguiu o irmão na mesma hora.

No final de maio, participou da ação de libertação de Prijedor. Ia atrás dos soldados levando equipamentos, remédios e curativos. Conseguiu retirar alguns feridos. Depois das lutas voltou para a casa dos pais. Apavorada, trancou-se com eles numa despensa e assim viveram alguns dias ao lado da casa.

«Ela me pediu», escreve Mejra, «que lhe esquentasse água para um banho. Não havia energia elétrica nas casas muçulmanas, então acendi o forno. O bom Alá quis que pela última vez eu banhasse a minha menininha.» Chegaram dois policiais e levaram Edna. Ela queria levar um suéter para usar no caminho, mas disseram que não seria necessário. Uzeir correu imediatamente à polícia para perguntar pela filha. Bateram nele e o chutaram.

Ouviu dizer que estavam levando Edna para Omarska. Mãe Mejra telefonou para Nebojša B. Ela o conhecia bem.

Nebojša tinha sido namorado de Edna — e agora era o principal investigador em Omarska.

Quando soube quem estava ligando, não veio atender o telefone. Era Nebojša B. — segundo o relato das mulheres que sobreviveram — quem interrogava Edna com mais frequência.

Quando ele terminava um interrogatório, Edna estava quase morta.

Nebojša B. vive hoje em Prijedor, trabalha na polícia.

O ÔNIBUS

Edna e outras mulheres ficaram presas num barracão num pequeno sótão. Abaixo do sotãozinho havia uma sala de interrogatórios. Dia e noite as mulheres escutavam os homens serem torturados embaixo.

Mãe Mejra ainda continuava morando em Prijedor. Foi para a casa de uma amiga duas ruas adiante. Mãe Mejra queria lhe dar tudo o que tinha.

— Você é sérvia — dizia Mejra. — Faça alguma coisa para que Edna volte para casa.

A amiga tinha as suas próprias preocupações. Seu marido, Slavko, havia três dias não voltava para casa. Tinha ido a Keraterm e sumiu. E era para ter voltado logo. Hoje Mejra sabe o que aconteceu com ele na ocasião: lá em Keraterm havia um campo de concentração. Por aqueles dias, tinham assassinado duzentos e cinquenta pessoas lá.

Matar, lavar o sangue das paredes e enterrar — isso exige tempo.

Por isso Slavko demorou tanto. Voltou para Prijedor somente depois de quatro dias.

Ele chamou Mejra.

— Na estrada eu dei uma passada por Omarska — ele disse. — Eu vi a Edna. Ela não quis levantar a cabeça, nem cumprimentar. Estava assustada como uma corça. Parecia estar mal. Fui até a secretaria para liberá-la. Mas não teve jeito. Edna está sendo processada por participação na ação contra o nosso exército.

Três dias depois, segundo o que Mãe Mejra sabe hoje, foi emitido um comunicado no campo de concentração: algumas dezenas de pessoas seriam permutadas com o lado muçulmano. Escolheram Edna e ainda outra mulher e uma boa quantidade de homens. O campo inteiro os invejou, pois num instante estariam com os seus.

Uma colega ajudou Edna a entrar no ônibus (que tinha uma placa de «Transporte escolar» no para-brisa).

Depois ninguém nunca mais viu aquele ônibus.

CROMOSSOMOS

Em Tuzla há uma mina de sal. Há também um enorme cemitério municipal. Junto ao portão do cemitério fica a funerária. Ao lado dela, um grande pavilhão de metal. Vê-se que foi construído recentemente. Diante do pavilhão, homens com macacões de plástico. Macacões muito bem idealizados — com capuzes.

Aqui os homens jovens encontraram trabalho: empurram carretas ou carrinhos de mão.

Atrás da funerária fica a entrada para o túnel. Antigamente o túnel levava para a mina, agora não tem saída: termina depois de cem metros. Lá dentro, pobremente iluminados, em beliches: os *body bags*. Molhados, porque a água goteja do alto. Os homens puxam um a um os sacos brancos enlameados, jogam no carrinho e saem correndo em direção ao novo pavilhão. O carrinho — assim como um carrinho de supermercado cheio — é difícil de guiar. Os rapazes nem sempre conseguem fazer as curvas.

Chegamos na hora da mudança.

No túnel provavelmente jazem os ossos daqueles homens que naquele mês de julho foram vistos durante a seleção. Sumiram. Depois foram achados e exumados. São homens NN — *nomen nescio*. Geralmente jaziam em valas comuns secundárias, as chamadas *sekondarne grobnice*. Depois que o satélite americano viu a terra recém-mexida, os assassinos tentaram apagar os rastros: usaram escavadoras para cavar as sepulturas e o que desenterraram esconderam em outro lugar (no lixão, por exemplo). Provavelmente muitas sepulturas originais perto do rio Drina foram dizimadas assim.

Agora os antropólogos e os médicos-legistas têm um problema por causa disso, porque é pior separar os ossos da sepultura secundária. É mais difícil completar uma pessoa inteira (e por isso a maioria tem a classificação bP). E com mais dificuldade ainda completam os assim chamados corpos da superfície. Ou seja, aqueles que ninguém enterrou, apenas foram deixados em algum lugar ao ar livre, nas montanhas próximas de uma cidadezinha. O tempo, a chuva e os animais dificultaram o trabalho dos médicos-legistas.

Dos ossos recolhidos na floresta, conseguiram contar 417 pessoas: homens, mulheres e crianças. Pois muitas vezes famílias inteiras fugiam pelas montanhas. Se todos morreram, ninguém os está procurando, ninguém preencheu um formulário de busca, ninguém deu informações anteriores ao óbito. Eles não fazem parte das estatísticas. Permanecerão esquecidos.

O pavilhão em Tuzla é imponente. Na câmara frigorífica que ocupa grande parte do prédio, o computador cuida da temperatura adequada. Foram colocados estrados altos até o teto. A estrutura metálica leve suporta as urnas de metal. Cada uma tem dois metros de comprimento e rodinhas na base. Quando alguns homens chegam com um *body bag*, outros já esperam com uma urna vazia disposta numa empilhadeira. A empilhadeira é colorida, certamente comprada há pouco tempo. Os homens trasladam o saco branco, as pás da empilhadeira levantam a urna e seu conteúdo até uma altura adequada, as rodinhas facilitam sua inserção no local apropriado. Tudo funciona como uma boa gaveta.

Infelizmente, nem tudo o designer projetou muito bem — são muito poucas gavetas: apenas 860. E os sacos brancos já são 3.500. Os empregados do local acabaram sendo inventivos: eles dobram cada saco como um saco de dormir (dá para enrolar, dentro estão alguns quilos de ossos soltos) e colocam umas três pessoas numa só urna.

O que vai acontecer quando encontrarem os homens que ainda faltam? Alguns milhares de homens. Onde irão colocá-los?

É preciso arranjar lugar: identificar rapidamente esses ossos que estão nas urnas. E enterrar. Mas os resultados não são imponentes: por enquanto mal foram reconhecidos 706 corpos, e isso porque as vítimas tinham documentos consigo (poucas pessoas tinham documentos nos bolsos, jogavam-nos fora por medo).

Para aumentar a eficácia do trabalho, em breve será lançado um catálogo com as fotografias das roupas. Assim como em Lušci Palanka, as roupas já foram separadas e lavadas. Cada uma poderá ser vista no catálogo. No primeiro catálogo, que está justamente sendo impresso, poderão ser vistas 350 fotografias.

Tudo o que acontece aqui (a construção do pavilhão, a identificação) está sendo financiado pela Comissão Internacional de Busca aos Desaparecidos, nomeada pelo presidente americano depois de terminada a guerra na Iugoslávia. A Comissão pagará pela construção dos laboratórios nos quais os especialistas pesquisarão o DNA. O DNA se encontra nos cromossomos, e os cromossomos, no núcleo de cada célula do corpo humano.

Um desses laboratórios será criado em Tuzla. Os parentes (filhos, irmãos, pais) que preencheram os formulários de busca serão chamados para a coleta de sangue. Nas células do seu sangue, os especialistas determinarão o DNA. Os dados obtidos serão inseridos no computador.

Eles também vão determinar o DNA das células dos ossos que estão nos *body bags*. E esses resultados serão inseridos nas bases de dados. Já que a metade dos cromossomos de uma pessoa é idêntica aos cromossomos da mãe, e a outra metade, aos cromossomos do pai, um programa de computador apropriado faz a associação entre os parentes e o número do *body bag*. Todo o procedimento custa no máximo cem dólares por pessoa. E, por ele, o mundo vai pagar.

A pesquisa de DNA é com certeza algo novo na história das guerras. Assim como os *body bags*, os computadores, a internet, as câmaras frigoríficas computadorizadas, as empilhadeiras e as urnas com rodinhas. Fora isso, nenhuma novidade: campos de concentração, barracões, seleções, guetos, esconderijos, abrigo aos perseguidos, braçadeiras nas mangas, pilhas de sapatos dos abatidos, fome, saque, batidas na porta à noite, desaparecimentos na porta de casa, sangue nas paredes, domicílios incendiados, incêndio de estábulos com pessoas dentro, chacinas nos vilarejos, cidades sitiadas, escudos humanos, estupros das mulheres inimigas, o assassinato da *intelligentsia* em primeiro lugar, colunas de refugiados, execuções em massa, valas comuns, exumação das valas comuns, tribunais internacionais, desaparecidos sem deixar vestígios.

Depois da guerra na Bósnia — quase vinte mil muçulmanos desaparecidos.

Se eles forem encontrados, haverá enterro e oração, como ordena o Corão.

A ESTRADA

Fede dentro do ônibus, as passageiras fumam cigarros. Não deixam baixar os vidros nem um centímetro, porque há geada nas janelas e dentro o aquecimento está estragado. As mulheres usam lenços na cabeça e saias longas e grossas, e mesmo assim tremem. Não tanto do frio como dos nervos. Talvez de medo, embora digam que o medo maior já passou. Deixaram-no naquele vale, naquele dia. Como já não dá para sentir um medo maior do que sentiram, decidiram ir até lá; algumas pela segunda vez, ou até pela terceira.

Estamos saindo de Sarajevo. Vamos para o leste. A estrada é íngreme, esburacada e escorregadia. Embora já seja abril, acaba de nevar. Diante de nós, 150 quilômetros, e devemos chegar ao destino ao meio-dia.

Mubina Smajlović (36 anos) está indo lá pela primeira vez. Ela passou muito tempo amadurecendo a decisão dessa viagem.

— Não consigo entender isso — dizia para a mãe, cinco anos atrás, logo depois de tudo. — Nada faz sentido.

— Se soubéssemos qualquer coisa — dizia há dois anos —, talvez tivéssemos sentido alívio.

— Não se pode viver em dois mundos — dizia, um ano atrás. — Uma pé lá e outro cá.

— Vamos lá! — há pouco tempo propôs. — Vamos ver como é.

— Não — disse a mãe. — Eu nunca irei lá.

Mubina se levantou hoje antes de o sol nascer. Beijou os filhos adormecidos, trocou algumas frases com a mãe (a mãe sofre de insônia), tomou os comprimidos brancos com café (sem desjejum; aqui, a essa hora, ninguém come). Vestiu uma gabardina curta e desceu os sete andares (o elevador de seu bloco não funciona há anos; a mãe há muitos meses não sai de casa). Atravessou a ponte direto para a estação. Sentou-se no primeiro assento, bem ao lado do motorista, para ver bem a estrada. E o que estava na lateral da estrada.

Se ela se sentasse atrás, também a veriam logo. Por causa da beleza: tem olhos escuros e tristes, cabelos ruivos (a tintura ruiva cobre os cabelos grisalhos), um sorriso largo (às vezes ela sorri) e ruguinhas visíveis. Magra, esbelta, alta, cheia de energia, de jeans, sem nenhum lenço na cabeça. Lista as passageiras: idosas, tristes, sem cabelo pintado. Antes da viagem de retorno, confere se todas voltaram para o ônibus.

Mubina não demonstra inquietude, mas talvez tenha mais medo que todas as outras passageiras. Ela não conhece aquele medo que outras mulheres conheceram cinco anos atrás. Ela não estava lá na ocasião. Tinha viajado três anos antes, em abril de 1992.

Em abril de 1992, começou a guerra na Bósnia.

Junto com Mubina, viajaram os pais e seus filhos pequenos: um de quatro anos e um de quatro meses.

— Venha conosco — pediu ao marido.

— Quem vai tratar dos animais se eu não estiver aqui? — ele perguntou. — Eu vou ficar e tomar conta de tudo. As coisas vão se acalmar e vocês vão voltar.

Justamente hoje faz oito anos que Hasan lhe falou assim.

As coisas se acalmaram.

Mubina inicia sua viagem de volta.

AS AMEIXEIRAS

A geada já desapareceu do para-brisa, os campos estão florescendo, estamos chegando ao rio Drina, à cidade de Bratunac. Passamos por vilarejos que Mubina conhece da infância. A última vez que os viu foi há oito anos. O que ela vê agora está diferente do que viu antes: montes de escombros ou esqueletos de casas queimadas, as ameixeiras estão florescendo, nenhuma pessoa. Logo depois de deflagrada a guerra, Mubina, seus filhos pequenos e seus pais viajaram de Bratunac para Belgrado.

— Vou voltar para casa — anunciou o pai, em Belgrado.

— Fique — pediram.

— Eu vou cuidar de tudo, me tranquilizar, e aí vocês vão voltar.

— Fique.

— Já cheguei em casa — telefonou de Bratunac. — Estou tranquilo.

Mas não havia tranquilidade nas redondezas. No dia seguinte, o pai não atendia o telefone.

E o marido também não atendia. Nem em casa nem na clínica veterinária.

— O que está havendo? — inquietou-se Mubina. Telefonou para os vizinhos.

— Seu pai ontem saiu para a frente da casa — começou a vizinha. — Ficou parado na rua, olhando em volta.

— Ele sempre fazia isso — Mubina interrompeu a vizinha. — Toda manhã, há dezenas de anos. Diga: e daí?

— Acho que ontem ficou olhando pela última vez. Os *tchetniks*[2] chegaram. Perguntaram o sobrenome,

---

2 *Tchetniks* ou *Chetniks* é a forma aportuguesada para Четници, em sérvio, ou Četnici, em bósnio, palavras que designam os membros do Movimento Tchetnik ou, oficialmente, Exército Iugoslavo na Pátria, uma organização paramilitar, nacionalista e monarquista que atuou nos Bálcãs antes e ao longo da Segunda Guerra Mundial, famosos por promoverem limpezas étnicas. Durante a Guerra da Bósnia, muitos croatas e bósnios se referiam a qualquer membro de uma unidade armada sérvia como um *tchetnik*. [N.T.]

olharam a lista e o empurraram para dentro do carro. Depois vieram olhar mais uma vez, mas sem o seu pai. Levaram o Volkswagen de vocês, eles tinham as chaves.

Mubina até hoje não sabe o que aconteceu: quem levou o pai e para onde?

— Preciso achar os ossos — enxuga os olhos, retira o batom, abre o estojinho do pó compacto. Entramos em Bratunac.

Bratunac fica numa vasta planície bem perto do rio Drina. O rio separa a República Sérvia da Sérvia (dali é possível ver bem a Sérvia). A cidade não se diferencia por nenhuma particularidade: algumas ruas, um hotel com um chafariz que não funciona (aqui o general sérvio Ratko Mladić humilhou o comandante holandês das tropas da ONU), um banco, onde Mubina já trabalhou, duas escolas, casas, alguns blocos de apartamentos, pessoas nas ruas.

As pessoas ficam em pé paradas, olhando, mas na Bósnia isso não é nada fora do comum. O desemprego chega a 60%, e aqui certamente é ainda maior.

Bratunac se diferencia por uma coisa: a vizinhança com Srebrenica.

É preciso ir cinco quilômetros pelo asfalto diretamente para o sul, passando pelos galpões das fábricas no vilarejo de Potočari, e logo ali está a cidadezinha, num vale verde estreito. Durante todo o caminho, as passageiras do ônibus garantiam que aquela área era extraordinariamente bonita e rica em minerais. As águas medicinais do local — saturadas de ferro até se tornarem vermelhas — são boas para a anemia.

Mubina não quer ir para Srebrenica, nem olha para aqueles lados.

Hasan foi para lá.

A CORDINHA

Alguns anos atrás, os jornais do mundo todo escreviam sobre Srebrenica: na cidadezinha, a maioria dos moradores era muçulmana. Quando a guerra estourou na Bósnia, os muçulmanos das redondezas se juntaram a eles. No total, cerca de trinta mil deles estavam reunidos naquela cidadezinha apertada. Outro tanto nos subúrbios. Os sérvios locais fugiram para junto dos seus, embora as pessoas digam que ninguém os enxotou dali. Os exércitos sérvios cercaram hermeticamente a cidade e os subúrbios e mantiveram o cerco pelos três anos seguintes. A ONU declarou Srebrenica uma «zona de segurança», o que deveria significar uma garantia de que nada aconteceria a seus moradores.

Todos os dias, durante três anos, cerca de trinta feridos eram levados para o hospital local. No hospital trabalhava um cirurgião. Ele amputava pernas e mãos com o que tinha: uma navalha e uma foice.

Não havia anestésicos, não havia antibióticos. Durante três anos, em Srebrenica, morriam em média cinco pessoas por dia. Mas havia aqueles dias em que pereciam vinte (sem contar aqui os que eram assassinados na hora).

As pessoas não tinham produtos de higiene, medicamentos ou sal. Comiam grama, raízes, flores de aveleira. E pão assado feito com espigas de milho trituradas. Esse pão é difícil de digerir, causa dores fortes. No final, comiam aquilo que a OTAN jogava para elas dos aviões. Mas a comida do céu era muito pouca, então, quando caía, os famintos puxavam as facas e lutavam por ela.

O fim chegou em 11 de julho de 1995.

A própria defesa bósnia se retirou da periferia depois da informação obtida da ONU, de que logo os aviões da OTAN sobrevoariam e bombardeariam as posições sérvias.

A OTAN não sobrevoou a tempo. Os sérvios entraram na cidade.

Naquele dia, as mulheres do nosso ônibus conheceram o medo que Mubina não conhece. Ela não passou pela seleção que foi organizada no vilarejo de Potočari.

Zineta M. (48 anos) passou pela seleção, agora vive em Vogošća, perto de Sarajevo. Ela não veio conosco hoje porque já esteve três vezes em sua casa depois daquele mês de julho. Para uma quarta visita, por enquanto, ainda lhe faltam forças.

Naquele dia, quando as tropas de Ratko Mladić apareceram nas cercanias da cidade, as pessoas decidiram ir para Potočari. Elas contavam com a ajuda dos soldados holandeses que estavam estacionados lá. E Zineta foi com a coluna de vinte mil pessoas: junto com a filha (então com onze anos) e o filho mais velho (que tinha vinte anos).

Em Potočari, mandaram as mulheres e as crianças irem para a direita e os homens para a esquerda. O que decidia se um menino era ainda uma criança ou já um homem era uma cordinha, que foi pendurada na altura de 150 centímetros (alguns dizem que era 140 e outros, 160). O rapaz que fosse mais alto era tirado da mãe.

Os holandeses olhavam impotentes para o que acontecia.

— Nós o chamávamos de Kiram.

— Não olhe desse jeito para mim, mamãe — ele disse, na despedida. — É claro que eles não vão matar todos nós aqui.

— Deixem o meu irmão — gritava a filha, mas um sérvio a agarrou e a jogou no meio das mulheres.

— Eu contava os passos dele, enquanto o tiravam de mim — Zineta continua a falar. — Um passo, dois, dez, cada vez mais longe de mim. Eu gritava e ele se voltou. Vinte passos, trinta, já estava bem perto do galpão da fábrica. Lá os *tchetniks* o pararam, mandaram jogar a bolsa para o lado. A pilha de malas tinha a altura de uns dois andares. Kiram ainda olhou para nós. Entrou no galpão.

Naquele dia, a canícula estava insuportável, as pessoas não tinham o que beber. As mulheres reconheciam entre os sérvios seus colegas de escola ou de trabalho. Os alunos — seus professores.

Finalmente o próprio general Ratko Mladić apareceu em Potočari, o comandante de todo o exército: — Vim explicar a vocês que Srebrenica é sérvia — disse às mulheres, pelo megafone. — Não é preciso matar vocês.

Sete mil homens foram separados das mulheres e crianças (alguns falam em dez mil e outros em doze mil). Arrancaram das mulheres suas correntes de ouro e tiraram as alianças. Algumas moças — aquelas mais bonitas — foram levadas para algum lugar separado. Voltavam algum tempo depois, e com a ajuda das vizinhas entraram nos ônibus. Todas as mulheres foram colocadas em ônibus ou caminhões. Zineta e a filha saíram de Potočari somente no dia seguinte, um pouco antes das oito da noite. Não sabiam para onde iam e nem para quê. Viajaram por Bratunac, Kravica, Nova Kasaba até quase chegarem a Kladanj.

Mandaram que descessem após escurecer, a dez quilômetros da linha de frente.

— Vão — elas ouviram. — Vão para os seus compatriotas. Só pelo meio da estrada.

Pessoas estavam deitadas à beira da estrada.

— Nós nem checamos se estavam vivas — diz Zineta. — A gente estava com medo, estava com frio.

As mulheres passaram a viver perto de Tuzla, em barracas no aeroporto. Algumas saíam das barracas e gritavam por noites e noites.

Um mês depois, ouviram na rádio local que, nos arredores de Srebrenica, um satélite americano havia fotografado um grande campo com a terra recentemente revolvida. De noite, elas saíam das barracas, uivavam.

— Talvez o pai tenha sobrevivido — Zineta disse à filha. — Talvez Kemal.

Seu marido e o filho mais novo, Kemal, não foram para Potočari naquele dia. Escolheram fugir pelas montanhas.

Trinta e três dias depois, um homem grisalho, magro e enrugado estava diante de Zineta. Ele tinha sobrevivido todos aqueles dias na floresta. Ela demorou a reconhecer o marido.

— Os rapazes voltaram? — ele perguntou pelos filhos.

Naquele dia de julho, ele e o filho Kemal tinham decidido se separar: o pai iria pelas montanhas para o noroeste e o filho, para o sul. Concordaram que pelo menos um deles deveria sobreviver e cuidar da família. Também prometeram um ao outro que não se entregariam vivos aos sérvios. Que qualquer coisa — a granada no cinto.

O marido voltou, mas Kemal não. Nem o mais velho, Kiram, que ficou em Potočari. Zineta precisava cuidar do marido, porque ele queria se matar por causa daquilo. Suas amigas argumentavam que nem estava tão ruim assim para ela: tinha o marido e tinha a filha.

E Kemal! Ele voltou. Durante 44 dias vagou pela floresta. Ele se esquivava das emboscadas sérvias. Voltou para os pais inteiro e razoavelmente saudável.

E Kiram?

Quatro meses depois, Zineta ouviu no rádio que, na cidade americana de Dayton, tinha sido assinado o acordo de paz. Foi acordado que a composição da Bósnia e Herzegovina seria: a República Sérvia no norte, sul e leste (aqui ficam Bratunac, Potočari e Srebrenica) e a Federação da Bósnia e Herzegovina no sul, no centro e no oeste (incluindo Sarajevo).

— Deram a metade do país para os *tchetniks* — Zineta disse ao marido. — Uma recompensa generosa pelo nosso sangue.

Na primavera do ano seguinte, as mulheres ficaram sabendo pelo rádio que equipes do Tribunal de Haia estavam trabalhando nos arredores de Srebrenica.

Sob a terra recentemente revolvida, encontraram 3.500 corpos. Sobre aqueles alguns milhares restantes, a rádio não falou.

Por todas essas razões, Zineta não gosta de visitar sua terra, e Mubina não quer passear por lá.

Mubina não conhece Zineta. Elas vão se conhecer em breve, haverá razões importantes para isso.

Por enquanto, vamos à casa dos pais de Mubina. Quando viajamos para Bratunac, vimos que a casa estava de pé.

A CASA DA FAMÍLIA

A casa dos pais de Mubina é pequena, branca, coberta de telhas. Aqui Mubina veio ao mundo, daqui ia à escola, aqui se casou com o veterinário Hasan. Ela agora está de pé, em frente da casa, já há alguns minutos. Olha. Lamenta o jardinzinho negligenciado, elogia o clima. Assim ela oculta o medo pelo que está detrás do portão. Por fim, entreabre o portão. Cuidadosamente sobe as escadas de concreto.

Na porta — uma jovem mulher. Também assustada. Nada a estranhar: muitas pessoas na Bósnia têm medo hoje em dia de visitas inesperadas e desconhecidas.

A atual dona da casa não morava longe dali antes da guerra — morava no vilarejo de Kravica. Os muçulmanos de Srebrenica incendiaram sua casa.

— Eles furavam o cerco e escapavam pelas montanhas — Mubina esclarece como foi. — Levavam tudo dos sérvios, o que desse para comer. Na maioria das vezes, farinha. Um saco de farinha dava para a família sobreviver por algum tempo.

— Mas também incendiavam as casas — enfatizou a atual dona da casa. — Matavam os sérvios.

— Sim, matavam. — Mubina olha à volta do aposento. Olha aquilo que sobrou da propriedade de seus pais. Não muito, apenas os fragmentos da estante com armários. Tudo foi roubado, provavelmente antes que a jovem sérvia de Kravica tivesse se mudado para cá. Antes que os políticos em Dayton tivessem estabelecido que, depois da guerra na Bósnia, todos poderiam voltar para suas casas. Todos os refugiados, todos os que foram expulsos. Os muçulmanos (em Dayton chamados de bósnios), que se protegeram na Federação Bósnio-Croata, poderiam agora voltar para suas cidades e vilarejos na República Sérvia. A mãe de Mubina — por exemplo — poderia ir para Bratunac e dizer à jovem sérvia: — «Isso é meu. Saia, por favor». Se a residente não atendesse, a mãe de Mubina precisaria pedir ajuda ao governo sérvio da localidade.

Nenhuma muçulmana tentava voltar para as redondezas do rio Drina.

Mubina mora com a mãe e os filhos em Sarajevo — no bairro de Grbavica, que, durante o cerco da capital, pertencia aos sérvios. E o apartamento de Mubina (no sétimo andar de um arranha-céu, com uma linda vista para a cidade) pertencia antes aos sérvios. Ou seja, pertence — de acordo com o que foi estabelecido em Dayton: todos podem voltar para suas casas. Os sérvios que residiram temporariamente na República Sérvia ou em qualquer outro lugar podem recuperar suas casas na Federação Bósnio-Croata e, portanto, também em Sarajevo. Alguns já estão tentando. Com a ajuda das autoridades bósnias, despejam os residentes muçulmanos ilegítimos de suas casas. Os despejados recebem normalmente outro apartamento vazio de um sérvio, que talvez em breve vá requisitar a sua propriedade.

Os sérvios nem sempre voltam para suas casas para morar. Voltam para esvaziar a casa e vendê-la. Todos que têm dinheiro podem comprar.

A jovem sérvia poderia voltar para a incendiada Kravica. Na Bósnia funciona o assim chamado programa de reconstrução. Todas as cidades e todos os vilarejos que anunciam que vão aceitar todos os seus moradores de antes da guerra podem contar com a ajuda na reconstrução das casas. Quem ajuda é o Ocidente.

Em Bratunac, ninguém nem fala sobre isso. Ninguém espera que qualquer muçulmana se atreva a voltar.

Sobre os homens muçulmanos ninguém fala nada.

É como se eles nunca tivessem existido.

Três perguntas não são feitas na Bósnia hoje em dia: Como está seu marido? Como está seu filho? O que você fez durante a guerra?

— Sou eu — diz Mubina para Dragan, seu amigo sérvio.

— Você? Aqui? — Os olhos de Dragan se arregalam. Eles se conhecem do pátio do prédio, ele foi testemunha do casamento muçulmano dela, o padrinho. E sócio de seu pai. Antes da guerra eles tinham um estande num centro comercial e comercializavam tudo o que é necessário para um banheiro. Agora falta dinheiro para um estande, então Dragan vende os azulejos e as torneiras numa loja das proximidades. E lá o encontramos.

— Eu. Aqui. — Mubina lhe estende a mão com cuidado, sem sorrir. Dragan convida para entrarem, traz cadeiras, liga a chaleira, ajeita as cadeiras, enxágua as xícaras, coloca os pires, coloca as xícaras. E sai correndo para a loja. Espera na certa que tenhamos pouco tempo.

É correto que espere isso. Esperamos cinco minutos, dez, quinze. Finalmente aparece. Traz chocolate Milka e uma caixa de suco de laranja Happy Day.

— Você se lembra — sorri para Mubina — que nós aqui em Bratunac sempre fomos hospitaleiros?

— Como vai você? — pergunta Mubina.

— Os filhos estão crescendo. Jovanka está trabalhando. Raramente alguma mulher tem trabalho agora.

— Eu sei, eu não tenho. E os negócios, como vão?

— Poucas vendas.

— Nem em Sarajevo as pessoas fazem banheiros. Pobreza.

— E as crianças?

— Estão crescendo.

— E a mamãe?

— Está viva.

Gragan se levanta de repente, com a expressão preocupada. Nosso tempo acabou. Chegaram clientes.

Na rua um homem nos observa atentamente. Observa Mubina. Ele está diante da quitanda (certamente é o dono, pelo menos se comporta como tal) e acena para nós.

— Você cresceu — diz para Mubina.

— Envelheci.

— Na casa do seu pai eu almocei mais vezes do que na minha casa — ele informa a Mubina, caso ela tenha esquecido.

— Eu sei, vocês eram amigos.

— E que amigos! Mas eu não pude fazer nada, minha criança.

— Nada?

— Fiquei aqui olhando quando o levaram.

— Não importa como foi. Mas onde estão os ossos do meu pai?

— Quem é que sabe? — o homem baixa a voz.

— Eu e mamãe queremos enterrá-lo.

— Não sei de nada.

— Não tem ossos, não tem luto. Não tem como viver.

— A guerra é terrível — diz o amigo do pai. — Mas acabou bem. Nós nos separamos, moramos perto uns dos outros, só não moramos juntos. Sua visita significa que o tempo cura as feridas. Está tudo bem, tudo bem agora. Podemos nos encontrar para um café, até fazer um pouco de comércio, e de noite cada um volta para sua casa.

INFORMAÇÕES PRÉ-ÓBITO

Depois da partida da esposa, Hasan ainda tratou dos animais do lugar por algum tempo. Como sempre, ia ajudar, não importava a hora. As pessoas o respeitavam pelo empenho, pela honestidade, pelo senso de humor e otimismo. Durante algum tempo ainda morou no primeiro andar de uma casa elegante na rua principal de Bratunac. Eram aqueles dois cômodos com cozinha para onde se mudou com Mubina logo depois do casamento. Mubina queria visitá-los hoje: subir as escadas, abrir a porta, sentar na sala, deitar-se no chão. Faltam-lhe forças, desiste.

Sobre a morte de Hasan, sabe pouco. E queria saber qualquer coisa.

Aparentemente chamavam-no constantemente na milícia. Ia, mas voltava. Chamavam-no de novo. Isso inquietou os sérvios da vizinhança. Arrumaram para ele um esconderijo na floresta. Passou alguns dias lá, e, certa noite, quando tiveram a oportunidade, os vizinhos o ajudaram a se transferir para Srebrenica. Um ou dois dias depois, levaram todos os muçulmanos que restavam em Bratunac para a quadra esportiva da escola.

Foi realizada a primeira seleção: mulheres à esquerda, homens à direita.

Em meados de maio de 1992, foram mortos na escola local cerca de dois mil homens. Isso aconteceu três anos antes da seleção em Potočari.

Aqueles que fugiram para Srebrenica acreditavam que estavam a salvo.

Em Srebrenica, Hasan residia na casa de uma tia por parte de pai. Junto com ele, outros homens — irmãos do pai, irmãos da mãe e parentes distantes. Durante os três anos do cerco, Mubina conversou com o marido pelo rádio algumas vezes. Ele não dizia nada, mandava que ela falasse. Ela então lhe contava que junto com a mãe e os filhos tinha fugido de Belgrado para Liubliana; que morava num dormitório acadêmico transformado em campo de refugiados; que as crianças estavam crescendo.

Naquele dia (11 de julho de 1995), durante a seleção em Potočari, o veterinário Hasan não foi visto.

Provavelmente, como centenas de outras pessoas, decidiu fugir pela floresta. Escolheu o caminho que ia pela montanha Buljim.

É tudo que Mubina sabe.

No começo, ela esperava por uma boa notícia. Corria até a porta quando ouvia os passos de alguém na escada. Isso lá em Liubliana e também depois da guerra, quando se mudou para Sarajevo. Toda hora olhava pela janela, esperava pelo carteiro. Hoje, para alimentar os filhos, recebe todo mês dinheiro do governo pelo marido morto na guerra. Ela o reconheceu legalmente morto (todas as viúvas e mães desempregadas fazem isso para sobreviver). Preencheu os formulários de busca: um era relacionado a Hasan, o outro, ao pai. Na linguagem dos profissionais, seus dados básicos são chamados de informações pré-óbito (nome, sobrenome, altura, cor dos olhos, cor dos cabelos, forma do crânio, doenças anteriores, falhas na dentição e ossos quebrados). Mubina envelopou as informações pré-óbito e enviou para Tuzla.

Há muitos meses espera uma convocação.

AS MÃES

Zineta M. também espera pela convocação de Tuzla. Há alguns anos reside em Vogošća, perto de Sarajevo (os refugiados da região do rio Drina moram também em Ilidža, em Ilijaš e em Hadžići). Os dois cômodos no último andar, que ela ocupa com a filha, o filho mais novo e o marido, estavam completamente devastados, como todas as casas de Vogošća. Durante a guerra, Vogošća ficava do lado sérvio. Quando foi assinado o acordo de paz em Dayton, os sérvios começaram a embalar tudo o que era possível. Levaram as torneiras das casas, os vasos sanitários, as banheiras, as pias dos banheiros e das cozinhas, os azulejos, as portas, os batentes, as janelas, os varões das cortinas, os parquetes, os interruptores e as tomadas. De uma fábrica próxima, levaram também toda a linha de produção do Volkswagen Golf — nos tempos da Iugoslávia, os Golf eram montados ali. Do outro lado de Sarajevo, levaram os motores, os cabos e as cadeirinhas dos teleféricos olímpicos do esqui.

Não podiam levar as paredes. A família de Zineta arrumou modestamente o apartamento e agora espera por alguém que talvez, em breve, bata na porta e reivindique o que é seu.

— E para onde eu vou? — pergunta Zineta. — Para Srebrenica? Em minha casa mora o meu antigo vizinho sérvio. Ele almoça com as minhas colheres, eu vi. Dorme nas nossas camas. Naquela mesma roupa de cama bordada, na qual Kiram dormia.

Kiram (filho mais velho do casal M.) até hoje não voltou de Potočari.

O marido de Zineta e seu filho mais novo voltaram, porque escolheram fugir pelas montanhas. O filho mais novo morou pouco tempo com a família e foi para a Holanda em busca de trabalho. Muitos jovens estão partindo (ao longo dos últimos anos, oitocentas mil pessoas deixaram a Bósnia e foram para cem diferentes países do mundo). Muitos declararam antes de partir: — Nunca mais volto aqui.

E o marido de Zineta está desempregado. Almoça com o dinheiro que recebe do governo pelo filho morto na guerra (345 marcos bósnios por mês). Tem mãos grandes, ele todo é grande e forte, poderia fazer alguma coisa. Há alguns anos passa dias inteiros sentado numa cadeirinha perto do forno e não fala absolutamente nada.

Não procura nada para fazer, não toma nenhuma decisão. Zineta precisa pensar em tudo.

A filha, que se senta ao lado do pai, também não fala nenhuma palavra. Não conversa com as vizinhas, não tem nada para dizer às colegas do pátio, não diz nada na escola. Desde aquele mês de julho, em geral fala pouco. Tinha então onze anos e parece ter onze anos hoje em dia. Sem fazer nenhum movimento, com a face desprovida de expressão, escuta o que a mãe conta. E as vizinhas.

Vogošća é uma cidade de mulheres. Mulheres desempregadas que tomam comprimidos tranquilizantes. Criam várias associações. Zineta é a dirigente das «Mães de Srebrenica». As «Mães» têm até a sua página na internet, cujo projeto foi financiado por uma organização do Ocidente (veja: www.srebrenica.org). Uma vez por mês, a associação organiza uma demonstração na qual as mulheres perguntam:

— Onde estão nossos filhos?

— Como podem nos obrigar a voltar lá?

— O que vamos fazer lá sozinhas?

— Como vamos lavrar a terra sozinhas?

— Que sérvio vai nos dar trabalho?

— Como podem permitir que nossos filhos sejam educados por professores assassinos?

— Com quem nossas filhas vão se casar lá?

— Queremos voltar para casa — dizem as «Mães de Srebrenica» —, mas não como foi estabelecido em Dayton. A nossa casa é a Bósnia, e não a República Sérvia. Vamos voltar quando nossos exércitos bósnios chegarem à região do Drina.

No entanto, na maioria das vezes, as «Mães» levam uma vida normal em Vogošća. Visitam-se antes do meio-dia (e à tarde de novo) para falar sobre o que acontecerá: com certeza serão despejadas dos apartamentos. E também sobre o que aconteceu. A vizinha de frente, já não tão jovem, tinha um marido, dois irmãos e quatro filhos. Por sorte tinha também uma filha. Só ela lhe restou. A filha é inteligente e lê muito, queria estudar, mas a mãe não tem dinheiro para isso.

Sem suborno não há chance de uma boa escola.

A vizinha do bloco ao lado tinha três filhos: o mais velho tinha dezenove anos; o do meio, dezessete; e o mais novo, quinze. Tinha também o pai, irmãos e o marido. Não tinha nenhuma filha. Agora toda manhã se lamenta que nasce um novo dia. Tem quarenta anos.

A vizinha do térreo deu à luz dois filhos e gostaria de enterrar os dois. É só com isso que ela sonha. Ela queria que descansassem em Potočari. Mas primeiro precisa achar seus ossos. E os do marido também. Em Potočari deveriam erigir um cemitério e algum monumento. Para que ninguém esquecesse o que os sérvios fizeram com os muçulmanos.

Entretanto, os sérvios que moram lá querem construir em Potočari não um cemitério muçulmano, mas apenas uma grande igreja ortodoxa. Assim dizem as vizinhas.

— Eles não têm alma — diz a primeira.

— Quando vim para Srebrenica pela primeira vez depois de tudo — diz a segunda —, alguém me chamou pelo nome na rua. Não olhei. Lá eu não consigo conversar com ninguém.

— Eu me aproximei da minha casa — conta a mãe de três filhos. — Não muito perto, para não incomodar. Mas mesmo assim alguém me avistou da janela. Da minha casa, correram crianças estranhas e pegaram pedras.

— Uma mulher abriu a porta da minha casa usando um vestido meu — diz a mãe dos dois filhos que ela gostaria de sepultar. — Ela me mostrou educadamente o térreo e a parte de cima. Guiava-me assim como quem conduz alguém que quer comprar o apartamento e não conhece a planta da casa. No quarto do filho mais novo, relembrou-me educadamente quem tinha ganhado a guerra e a quem Srebrenica pertencia agora. Eu também agradeci educadamente e saí.

Assim como Mubina, a esposa do veterinário: veio para Bratunac, entrou na casa de seus pais, deu uma olhada, conversou um pouco, agradeceu e saiu.

— A esposa do veterinário? — de repente o marido de Zineta se manifestou. — O nome dele era Hasan? Será que a esposa dele gostaria de saber como ele morreu?

CANÍCULA

Mubina não quer ir para Srebrenica.

Lá existem casas, blocos de apartamentos, a escola e a igreja ortodoxa no morro. É silencioso e muito quente.

As mulheres não cuidam da beleza, os homens não se barbeiam. Malvestidos, ficam sentados na frente das casas, olhando.

Já trouxeram a madeira das florestas das redondezas para o inverno, cortaram-na e empilharam-na. Só havia isso para fazer. De quinze mil moradores da Srebrenica atual, apenas mil têm trabalho. Na maioria das vezes, na vizinha Sérvia. Lá, por um dia de labuta, recebem cerca de dez marcos alemães. Aqui não há fábricas.

Os galpões em Potočari estão vazios.

Dos quinze mil moradores, onze mil não são daqui. São de Sarajevo, de Vogośća, de Ilijaš, de Donji Vakuf, de Bugojno e de Glamoč. Por isso, a maioria não consegue apontar nem um lugar onde, há apenas cinco anos, ficava uma mesquita. Antes, havia cinco mesquitas brancas em Srebrenica. Não restou nenhum vestígio delas, nem mesmo as pedras.

Ficam sentados e olham. Não sorriem. Não querem nem conversar entre si. Mas, também, sobre o quê?

Eles poderiam ir a algum lugar, até mesmo dar uma olhada no bazar. O bazar são duas bancas no centro. Ali se vendem alface murcha e pepino murcho.

Ninguém vai.

Não tem ninguém, silêncio no bazar.

Por ali os cães saem ao sol forte e deitam no meio dos cruzamentos sem medo algum. Crianças pequenas sentam-se no meio das ruas sem que alguém cuide. As galinhas ciscam no asfalto, pois não há nenhum perigo.

Nenhum veículo passa.

As crianças mais velhas jogam bola na quadra da escola — é o único movimento nas ruas de Srebrenica.

Os adolescentes sentam-se no salão de jogos, mas não jogam. Não há dinheiro para as fichas.

Alguns daqueles que estão sentados e olham gostariam de voltar para as suas casas de antes da guerra. Para a Federação Bósnio-Croata. Aquele que tem a consciência limpa — esse pode voltar. Dizem isso baixinho, quando ninguém os ouve. Mas não voltam. Explicam que é por causa dos políticos daqui. Os políticos sérvios locais advertem que a volta é uma fuga. E traição! Nada de voltar! É preciso continuar aqui! E algum dia vai ser melhor...

OS NARCISOS

Mubina logo se encontrará com o marido de Zineta e ficará sabendo como Hasan morreu.

Por enquanto, em Bratunac, há ainda uma casa para ver. A casa de tijolo vermelho fica no alto da cidade e tem dois andares. Foi o veterinário Hasan quem a construiu. Quando estava para vir ao mundo o segundo filho, decidiu que o apartamento no centro ficaria muito apertado para a família.

Subiu as paredes e o telhado. Colocou as janelas e as portas. Não teve tempo de fazer o piso.

Mubina contou aos filhos o que tinha acontecido com o pai deles. Eles tinham que saber. Mas não conversa com eles sobre isso com muita frequência. Nem perto deles, quando chegam as amigas viúvas. Porque — de acordo com Mubina — o que as mulheres de Vogošća fazem não é justo. São discussões constantes sobre Potočari na presença das crianças. — Ficam sobrecarregando as crianças com esse peso, que nem elas mesmas estão em condições de carregar sozinhas — diz ela, enquanto vamos em direção à casa de tijolos. — Seria melhor que as crianças esquecessem. Mas será que em Vogošća é possível esquecer alguma coisa? Vogošća é um gueto do qual é preciso fugir. Só que não se tem para onde.

Estamos diante da casa de tijolos. Dentro, uma sérvia surda-muda com os filhos, o marido saiu para algum lugar por um instante. Ela está assustada, provavelmente não haverá uma conversa. No jardim, junto à parede da casa vizinha (são as ruínas da casa dos pais de Hasan), Mubina apanha narcisos.

— Fui eu que os plantei — explica à surda-muda, e continua a apanhá-los. Apanha todos conforme vai andando depressa.

— Não vamos voltar para nossas casas — diz, enquanto voltamos para o centro. — Não foi para isso que os sérvios iniciaram a guerra e apagaram de cidadezinha após cidadezinha a nossa presença. Se você mata tantos pais, maridos e filhos, então você não quer ver as viúvas. Para que precisamos lembrar-lhe quem você é? Essa baboseira sobre voltar é uma grande manipulação do mundo: vejam como tudo acabou bem! Sérvios, muçulmanos e croatas de novo moram juntos na Bósnia multiétnica. E nossos políticos repetem isso para agradar o mundo. Não sabem o que dizem. Provavelmente nunca estiveram em Bratunac.

Às vezes os filhos perguntam a Mubina sobre os detalhes. Por exemplo: quanto tempo se leva a pé até Sarajevo pelas montanhas? Aqueles 150 quilômetros. Pois pode ser que nesses cinco anos o papai ainda esteja caminhando.

Em breve, com certeza, Mubina vai lhes explicar o motivo de precisarem ir a Tuzla para tirar sangue. Talvez eles perguntem: o que é DNA? O que são cromossomos? Por que temos metade dos cromossomos do papai e metade da mamãe? Por que os cromossomos permanecem tanto tempo assim nos ossos?

Talvez os filhos perguntem quem é aquele senhor que cada vez mais tem frequentado o apartamento deles.

Mubina muitas vezes pensa em um novo marido e, ao contrário das mulheres que moram em Vogošća, admite esses pensamentos abertamente: é difícil para uma mulher reconstruir sozinha uma casa, é difícil criar os filhos. E o Alcorão diz claramente que uma viúva deveria se casar.

— Mas será que sou viúva? — Mubina segura nas mãos o ramalhete de narcisos. Conta as passageiras. Todas já estão no ônibus, partimos para Sarajevo. — Foi bom eu ter vindo. Porque eu vi. Tudo está claro, não tem o que ficar pensando. Esta não é a minha Bratunac.

FELICIDADE

O marido de Zineta espera na frente do bloco de apartamentos em Vogošća.

— Naquele mês de julho — diz para Mubina, logo depois dos cumprimentos —, fomos todos pelas montanhas.

— Vocês foram por Buljim?

— Sim. Foi lá que me separei de meu filho mais novo, para que pelo menos um de nós sobrevivesse.

— Fez bem.

— Nós prometemos um ao outro que nenhum de nós se deixaria capturar vivo. Você sabe o que os sérvios faziam com os nossos?

— Sei — diz Mubina.

— Crucificavam...

— Eu sei.

— No primeiro dia, andamos sem problemas, mas devagar. E Hasan estava indo conosco. No segundo dia, em algum lugar perto de Kravica, caímos numa emboscada dos sérvios. Os rapazes enlouqueceram, colocaram granadas nas bocas. Um estrondo e pronto, um massacre terrível. Hasan, ao contrário dos outros, pôs a granada na barriga. Ele se agachou assim desse jeito, e fim.

Agora o marido de Zineta olha para o chão.

— E você? — pergunta Mubina um instante depois. — Como você sobreviveu?

— Debaixo dos cadáveres. Mas que vida é essa! O filho mais novo partiu para o mundo, o mais velho...

— Eu sei.

— Não chore, Mubina. Alegre-se. Eu ficaria feliz se soubesse que o nosso Kiram se explodiu com uma granada.

— Sim, é bom saber. A minha alma na mesma hora passou a doer menos.

— Nosso Kiram ficou em Potočari. Só sei isso. Entrou no galpão.

O SONHO

— Uma mulher pode viver sem marido — Mubina diz no dia seguinte. — Eu vou viver assim.

De vez em quando, Hasan vem visitá-la no sonho. Assim como nessa noite. Apareceu por um momento e logo partiu. Ela queria correr atrás dele, mas não pôde dar nenhum passo.

A VIÚVA

A nova Sarajevo Sérvia e a Ilidža Sérvia são municípios que fazem fronteira com a capital da Federação Bósnio-Croata.

Sarajevo: mendigos, miséria, desemprego, problemas, como em todos os lugares da ex-Iugoslávia. Mas há também sorrisos, música, cafés (centenas de cafés!), barulho, uma multidão no passeio e dinheiro: a juventude coloridamente vestida em clubes tecno, estudantes universitários nas salas de aula, mulheres bem cuidadas fazendo compras, homens de negócios em bons automóveis, estrangeiros passeando (mais de quinze mil deles moram aqui), aposentados nas pracinhas, melômanos nos concertos. Lá existem apartamentos lindos e claros, supermercados enormes, boas (e caras) livrarias, algumas estações de rádio, bancos alemães e turcos (com caixas eletrônicos — uma novidade), filmes americanos (os mais recentes), bebidas alcoólicas escocesas, cosméticos franceses, chocolates holandeses, bibelôs chineses. Há um aeroporto, tráfego e ar.

Aqui (do outro lado da estrada, mas na República Sérvia) não há cinema, teatro, indústria ou exportação. Resultado do seu isolamento prolongado do mundo e da proibição de comércio com a Sérvia, imposto pelo Ocidente durante a guerra. Aqui não há nem uma loja decente. As instituições de ensino superior são ruins e, além disso, as pessoas não têm condições de pagar os estudos. Há desemprego (já chega a 80%, e entre as mulheres a quase 100%, e sem nenhum benefício), economia informal, mercado negro, crime, corrupção, violência doméstica (na Ilidža Sérvia, recentemente ocorreram dez assassinatos nas famílias: filicídio, mariticídio, fratricídio, matricídio, a escolher). Há drogas, vodca, depressão, abortos, divórcios, suicídios (na maioria das vezes com um tiro na cabeça), conflitos entre vizinhos, agressão, insanidade. Há fome, falta de espaço, a vida em quartinhos ou centros coletivos, crianças anêmicas, infecções frequentes, enurese noturna. Mandíbulas desdentadas, sapatos esburacados, indolência, preguiça, fraqueza, reivindicações constantes. Queixas contra os muçulmanos, a Europa, a América e contra o próprio governo da República Sérvia. Espera por ajuda, que não vem de lugar nenhum. Danilo Marković — diretor do Centro de Auxílio Social da Ilidža Sérvia — fala sobre tudo isso, embora não de maneira direta.

— Quem é o culpado disso? — pergunta o diretor Marković. — A guerra. E quem a deflagrou? A nova ordem mundial. Destruíram a União Soviética e depois o nosso exército. A velha e boa Iugoslávia tinha o quarto exército do mundo! Produzíamos armamentos, competíamos no mercado bélico mundial. E nos arranjaram uma guerra. Para usarmos as armas aqui mesmo e precisarmos cada vez mais delas. O mundo fez de nós selvagens e nós somos normais. Apenas defendemos nossas casas, mulheres e crianças. Eu sei o que aconteceu em Srebrenica. Mataram gente. Mas em Sarajevo morreram mais sérvios do que muçulmanos. Isso vocês têm que entender de uma vez por todas, e não inventar essas bobagens de paz em Dayton, valas comuns, tribunais e coisas assim.

A maioria dos habitantes daqui, antigamente, morava em Sarajevo. Embora não tenham fugido para longe, algumas vezes umas centenas de metros, agora são refugiados.

Por exemplo, Stojanka, 36 anos, dois filhos. Não é de hoje que nos conhecemos: ela morava com o marido quase no centro, da janela viam as mesquitas da cidade velha. Ela era vendedora de loja e ele, operário na fábrica. O cerco os encontrou na cidade (1992). Após alguns meses decidiram atravessar as linhas da frente de batalha até chegarem aos seus compatriotas (muitos sérvios em Sarajevo ficaram até o fim, viveram ou morreram, assim como outros moradores).

Hoje nos encontramos de novo. Stojanka estava indo por uma rua de Sarajevo. Já estava escuro, mas mesmo assim se podia ver que era feminina, frágil e delicada como antes.

Agora não mora aqui, deu uma chegada ao centro por um momento.

É viúva. Quando conseguiram sair do cerco e chegaram até seus compatriotas, imediatamente pegaram seu marido para o exército e o obrigaram a atirar na cidade da qual tinham fugido. Morreu de um estilhaço. (Os homens sérvios normalmente morriam na frente de batalha. Os muçulmanos, na maioria das vezes, de tiro na parte de trás da cabeça. E, depois, para dentro da vala. Nessa guerra, os sérvios morreram duas vezes menos que os muçulmanos.) Stojanka recebe dinheiro da República Sérvia pelo marido morto na guerra. Cem marcos bósnios por mês (não dá para nada).

As crianças estão crescendo. Agora moram numa casa muçulmana estranha. O dono (ele também fugiu para o lado dos compatriotas) recentemente entrou com os documentos necessários para recuperar a propriedade. Embora a casa fique na República Sérvia, o muçulmano quer morar nela novamente.

Stojanka está ameaçada de despejo. Ela chora: tantos de nós foram assassinados! Como viver uns ao lado dos outros depois disso tudo? Como olhar uns nos olhos dos outros? Afinal de contas, as pessoas não são de pedra. Para onde vou com as crianças agora? Para os barracões? E para que essa guerra?

O apartamento com vista para as mesquitas não era propriedade de Stojanka. Não há o que recuperar.

Stojanka não tem nada. Irá para os barracões. E, se não aguentar isso, vai para o hospital psiquiátrico.

Eles fugiram da cidade por medo dos muçulmanos. Assim ela recorda hoje.

Tem a memória fraca: ela tinha medo do frio, da fome e da bala do atirador de elite sérvio. Neste lugar, onde estamos agora, antes ela não poderia ficar. O atirador de elite acertaria o seu cérebro.

Os sérvios mantiveram o cerco à cidade durante três anos. Não havia abastecimento de água, não havia gás nem energia elétrica. Atiravam com precisão na cabeça ou por atacado: numa fila inteira que esperava por água e pão.

É difícil hoje vir até a cidade como se não tivesse acontecido nada. Sentar no café entre as famílias das vítimas. Entre aqueles que ainda continuamos a odiar. De quem fugimos. Olhar-se uns aos outros nos olhos. Pedir um café, dar um sorriso. Conversar sobre os fatos. Chegar a um acordo sobre o que aconteceu. Entregar os criminosos.

Os homens sérvios de Sarajevo não costumam ir a Sarajevo.

Eles colocam cadeiras na estrada esburacada na República Sérvia. Sentam-se, colocam as mãos nos joelhos e ficam olhando.

Poucos sérvios (na maioria das vezes, as sérvias) visitam a cidade quando anoitece.

— Algumas viúvas sérvias — o diretor do Centro de Auxílio Social baixa a voz — ganham a vida à noite nas ruas de Sarajevo. Elas têm crianças para alimentar. Isso nos dói, mas a República Sérvia não pode ajudá-las.

OS SUBÚRBIOS

Agora estamos em Sokolac, cinquenta quilômetros a leste de Sarajevo, na República Sérvia (por lá, pode-se ir para Srebrenica e de lá voltar).

O sol da tarde está queimando, as árvores fazem sombra. As pessoas estão deitadas sozinhas, em dupla ou em grupos maiores. Mal dá para serem vistas na grama alta amarela. Elas não se movem. Ficam deitadas normalmente de barriga, o rosto na terra, assim provavelmente lhes é mais confortável. Não falam nada.

Estão calados também aqueles que se sentaram nos bancos: miseravelmente vestidos, com os cabelos engordurados, sem dentes, com os sapatos furados ou descalços. Sentam-se bem próximos uns dos outros, como no cinema. Algumas horas atrás puseram as mãos nos joelhos, e, sem movimento algum, ficam olhando.

Aqui há árvores, aleiazinhas e algumas construções de tijolos (dentro, fede a urina). Há um buraco na cerca de um dos lados do parque e um portão aberto do outro lado.

Atrás do portão é lindo: colinas baixas e um grande espaço: o subúrbio de Sokolac.

Atrás do buraco na cerca — barracões cinzentos. Mais de uma dúzia de blocos longitudinais de madeira. A roupa lavada está pendurada, como se alguém morasse lá. Mas não se vê ninguém. Pode-se ir lá e checar: talvez alguém esteja lá dentro.

Ninguém vai, ninguém sai daqui, melhor não. Ficam sentados e olham: cada um o seu próprio filme.

Entretanto, alguém grita, ou melhor, uiva. O outro ri. Olha no espelhinho. Bate com os punhos na própria cabeça. Chora.

Arregala os olhos, mostra a língua. Urina na grama.

Outro, nas calças; escorre-lhe pelas pernas das calças. Um outro se esporra.

Alguém se levanta do banco: uma mulher de uns quarenta anos. Vem se aproximando depressa de nós, agarra nossas mangas, pede dinares, embora aqui não haja mais dinares há anos. Diz que está faminta. Um homem se aproxima, correndo. Todos aqui estão famintos. Uma velhinha se aproxima. Ninguém os visita. Ninguém conversa com eles. Eles não têm ninguém.

Às vezes vem alguém de jaleco branco dar um comprimido. Ou grita. Empurra. E se vai. Como no hospício.

O sol já está se pondo. Está mais frio. As pessoas atrás da cerca acabaram de sair dos barracões cinzentos de madeira.

OS COZINHEIROS

As mulheres dos barracões cinzentos — é o que parece pelo buraco da cerca — fizeram o café da tarde. Serviram-no aos homens.

Os homens se sentaram na bancada junto às paredes de madeira. Bebem o café, começam a beber *rakija* (provavelmente eles mesmos fizeram essa vodca de frutas, raramente alguém aqui compra vodca).

As crianças chutam bola, jogam basquete, se atracam.

As mulheres penduram a roupa lavada ou alimentam os porcos, eles têm alguns chiqueiros aqui. Ou comem. A maioria das mulheres está sentada.

Quando passamos pelo buraco da cerca (queremos lhes perguntar quem são), acontece algo extraordinário: primeiro, os homens olham para nós, depois olham uns para os outros, levantam-se. Agora dá para ver como estão vestidos: calças remendadas, camisetas lasseadas e sapatos gastos. Há uma confusão. Aqueles que estão bebendo café diante de suas portas levantam-se devagar e lentamente entram em casa. Os restantes ainda têm uma pequena distância para percorrer (uma ou algumas dezenas de metros), então, não conseguem esconder o pânico tão facilmente: debandam, assustados como animais silvestres. Perdem os sapatos. A nuvem de fumaça que eles deixaram ainda está suspensa no ar. Ardem as guimbas que eles não tiveram tempo de pisar. Agora ouvem-se as chaves girando nas fechaduras do lado de dentro.

O que os apavorou? Nossa máquina fotográfica. Na República Sérvia, os homens evitam as fotos, escondem o rosto. Quando aparecem estranhos, os homens sérvios não são vistos, evaporam. Mas não é preciso vir até os subúrbios de Sokolac para se convencer disso. Basta assistir a um programa da televisão da República Sérvia (dá para acessá-la também em Sarajevo). De vez em quando os jornalistas visitam vilarejos e cidadezinhas sérvias para verificar como as pessoas estão vivendo. Na tela, sempre quem se queixa são as mulheres. Não há homens. Os homens daqui têm medo de que alguém (uma vítima que sobreviveu) os reconheça e faça uma denúncia aos promotores do Tribunal Internacional: denúncia de que, nesse lugar, estão alguns daqueles que jogavam bola com crânios muçulmanos, ou daqueles que obrigaram homens muçulmanos a arrancar com os dentes os testículos de outros homens muçulmanos.

Os homens sérvios tremem de medo de que as mulheres muçulmanas os reconheçam. Aquelas que, como ninguém, se lembram de seus rostos, seu fedor e sua força.

Todos na Bósnia sabem que o Tribunal Internacional de Haia tem duas listas de criminosos procurados: uma conhecida e outra secreta.

Na lista conhecida constam Radovan Karadžić (durante a guerra na Bósnia, líder dos sérvios locais), Ratko Mladić (o então comandante do exército) e Slobodan Milošević (presidente deposto da Iugoslávia, preso e levado para Haia, vai responder não só pelos crimes na Bósnia, como também pelos crimes na Croácia e em Kosovo).

Na lista secreta, se é que ela existe, estão muitos homens sérvios (com certeza há também croatas e alguns muçulmanos). Provavelmente milhares. É possível. Assassinar dezenas de milhares de pessoas não é um trabalho fácil.

Aqueles homens na República Sérvia com os quais se consegue conversar contam: durante a guerra éramos cozinheiros. E aqueles da Sérvia que vieram aqui para ajudá-los também só cozinhavam. Todos sempre repetem isso, mesmo entre si, talvez até já acreditem nisso.

Mas se escondem: as janelas dos barracões cinzentos entreabrem-se, as cortinas ondulam.

As mulheres nos convidam para um café. Sentamos na bancada.

São refugiados sérvios: de Sarajevo, de Hadžići, de Rajlovac. Lá agora moram os muçulmanos. O acordo de paz de Dayton uniu essas cidades à Federação.

Relembremos: a Federação da Bósnia e Herzegovina e a República Sérvia são as duas partes da atual Bósnia e Herzegovina. São duas polícias, dois exércitos, dois Ministérios da Saúde, da Educação, das Finanças. São três sociedades: sérvia, muçulmana (bósnia) e croata. O Alto Representante das Nações Unidas esforça-se para zelar por tudo. Soldados do mundo todo, as assim chamadas *Stability Forces* (SFOR), cuidam da ordem.

Na Bósnia e Herzegovina é preciso cuidar da ordem.

As mulheres se sentam na frente dos barracões e se queixam: não temos trabalho, não temos dinheiro, não temos o que comer.

Têm pressão alta, doença coronariana, diabetes, colesterol alto, pernas inchadas, sono ruim e nervos dilacerados. Todos aqui têm o seu próprio filme. Alguém grita, alguém uiva. Alguém ri. Bate na própria cabeça com os punhos. Chora. Como viver calmamente quando o tempo todo há brigas, socos e facas? Feridas de cortes, feridas de facadas. Não foi só uma ou duas vezes que os caras se esfaquearam aqui. Ou chutaram uma mulher velha. Ambulância, polícia. Tudo por causa desses quartos apertados (não pudemos entrar), que precisam ser compartilhados com estranhos. Alguém colocou os sapatos ou abriu a janela de forma errada, espirrou alto demais, e já começa a briga.

As mulheres perguntam: para que serviu essa guerra para nós? Para que morreram nossos filhos?

E respondem: para nada, para o medo, falta de rumo e sangue, para uma vida nos barracões.

E antes da guerra havia uma casa e em cada casa — um congelador cheio.

Agora, panelas vazias. Morreram por panelas vazias.

Informam: Milošević nos traiu. Assinou nos Estados Unidos, em Dayton, um acordo para a criação da República Sérvia na Bósnia.

Ele tinha outro acordo com a nação. Tínhamos que estar na Sérvia, junto com nossos irmãos sérvios. Foi por isso que nos batemos, foi por isso que lutou o nosso Karadžić. Hoje ele precisa se esconder por causa disso.

As mulheres levam as mãos à cabeça: agora nos obrigam a viver de novo com muçulmanos. Isso não pode ser (o acordo de paz de Dayton diz que todos têm direito a voltar para a sua casa de antes da guerra: os sérvios para a Federação, os muçulmanos, para a República Sérvia. Não haverá áreas etnicamente limpas, como queriam os sérvios).

As mulheres idosas pedem: pomada Voltaren para esfregarem as juntas doloridas, óculos e alguma coisa doce.

E para que conversem com elas um pouco, porque ninguém nunca as visita. Elas não têm ninguém.

A GARAGEM

Nos subúrbios de Sokolac, logo o sol vai se pôr. As mulheres sérvias ainda continuam sentadas diante dos barracões cinzentos.

Também há um homem: Miša. Chegou de algum lugar há um instante e não fica se escondendo. Vamos beber uma dose de *rakija*.

Ele nos conta de quem não gosta, embora não lhe tenhamos absolutamente perguntado sobre isso: dos muçulmanos, é claro; dos ingleses, porque são orgulhosos; dos americanos, porque odeiam os sérvios; dos poloneses, porque se juntaram à OTAN; dos russos, porque sempre traem os sérvios.

Miša é proveniente de Goražde. Não tem esposa. Ela estava num ônibus atingido por uma granada.

Conhecemos esses casos: na cidade cercada pelos sérvios, os muçulmanos mantinham reféns sérvios. Passado um tempo, permitiram que os reféns voltassem para os compatriotas.

As mulheres sérvias e as crianças entraram nos ônibus.

Antes que chegassem aos seus, os muçulmanos atacaram o comboio. Morreram cem, talvez duzentas pessoas (os dados não são exatos). Entre eles, também a esposa de Miša.

Eles não tinham filhos.

Miša tem quarenta anos e uma casa em Goražde, que ele não pode recuperar. Goražde é muçulmana hoje em dia. Miša não pode ir para a Federação, para a repartição do governo muçulmano. Lá os vizinhos antigos o conhecem, vão querer acertar contas com ele. Então é melhor não sair daqui.

Ele não tem trabalho (é mecânico de automóveis), quase nem tem mais vontade de procurar. Sorri quando perguntamos como consegue pão. Não vai contar.

Não mora no barracão. Não aguentava dormir num quarto abafado com velhos roncando. Construiu para si uma garagem sem janela. Recobriu as paredes de dentro com fotos de mulheres nuas. Aqui ele dorme.

Está procurando uma nova esposa e sabe: nenhuma vai para a garagem sem janela.

Nenhuma daquelas que estão sentadas diante dos barracões e ficam olhando. Elas têm uns vinte anos, caras tristes. Elas nos perguntam se acreditamos em Cristo.

Que bom, então conversam — com cristãos elas podem conversar.

Não vão a lugar nenhum há anos. Não viram o mar, nem uma cidade grande ou outras pessoas. Têm curiosidade de saber como é Sarajevo (fica a cinquenta quilômetros dali). Gostariam muito de ir lá, mas têm medo: de provocação na rua, de espancamento, de humilhação. Alguém lhes disse que é assim que agora tratam as mulheres sérvias.

Nós as convidamos para um passeio em Sarajevo.

Vamos nos sentar num café da rua Ferhadija (o principal passeio da cidade). Vamos tomar sorvete, vamos tomar uma coca, não vamos ter nenhum aborrecimento. Vamos fazer com que as moças de Sokolac mudem de ideia sobre Sarajevo.

Elas não querem, não irão. Dizem: temos nojo dos muçulmanos. Eles mataram os sérvios, nos enxotaram de nossas casas. Agora não temos casa. Sokolac não é nosso lar. São barracões, uma merda, terra morta. Precisamos fugir daqui.

Elas querem sair para o mundo (mais de 60% da juventude local quer emigrar): para a Austrália, a Nova Zelândia, os Estados Unidos. Lá gostariam de se casar. Aqui, não. Pois com quem? Com Miša?

Apenas uma — Sveta — tem uma opinião diversa: ela quer ficar na República Sérvia, essa é a obrigação de uma sérvia. Casar, ter um filho aqui. Um menino é melhor, a nação precisa de filhos homens. Na vida não se pode apenas ir atrás de dinheiro. Melhor viver na pobreza, mas na sua casa, sem estranhos. E pode ser que, um dia, a República Sérvia consiga se juntar com a Sérvia. Aí, um dia, vai ser bom aqui.

Sveta não tem curiosidade de saber como é a Nova Zelândia. Ela não suportaria o fato de que lá as pessoas falam outra língua.

Talvez ela se case com Miša, embora ele seja duas vezes mais velho que ela. Sveta gosta de Miša: é bonito e não bebe muito. Só que tem que ter uma casa.

Miša conhece uma maneira de ter uma casa e uma família feliz. A guerra.

Só a guerra pode mudar alguma coisa.

Miša não vê outro caminho para eles. Agora vai dar uma volta; à noitinha gosta de dar uma volta. Passa pelo buraco da cerca.

AS ROCHAS

Na estrada sinuosa de Mostar para lugar nenhum, nas montanhas de pedra de Herzegovina, fica a cidadezinha de Nevesinje. Bem no centro, trabalha em seu escritório o prefeito do município, o senhor Boško Buha: alto, magro, queimado de sol.

— Bem-vindos! Vejam como é linda a nossa terra sérvia.

«Tripa sem saída» — é assim que as pessoas chamam as redondezas dirigidas pelo prefeito Buha: campos queimados pelo sol, estradas vazias, nenhum movimento, nenhum frescor mesmo à tarde. Rochas, pedregulhos, pedras. Vazio, bruto.

Quando o prefeito Buha morava num lugar completamente diferente (isso foi antes de 1992), os sérvios daqui (eles eram a maioria), os muçulmanos e um punhado de croatas produziam peças para automóveis, pijamas, móveis e alimentos saudáveis. A terra aqui era predominantemente estatal, mas alguns tinham um pedaço de campo. Levavam então sua produção para a feira em Mostar. Faziam compras. Enviavam as crianças para as escolas de lá. Antigamente, o ônibus para Mostar passava a cada quarenta minutos. Agora não tem mais ônibus.

Antes moravam aqui catorze mil pessoas. Agora — vinte mil. Somente mil e quinhentas trabalham, tres mil e quinhentas não têm trabalho nenhum.

O resto são crianças — é preciso dar-lhes de comer — e aposentados. O dinheiro dos aposentados (quando a República Sérvia não atrasa o pagamento) dá para alguns dias por mês. Não se sabe como vivem depois. O prefeito Buha não sabe, prefere não saber.

Nós sabemos: os aposentados ficam sentados. De manhã cedo põem as mãos nos joelhos, e, sem fazer movimento algum, ficam olhando até a tardinha. Ou até quase a noite. Queimam poucas calorias, podem comer pouco.

Metade das pessoas em Nevesinje não é daqui, e entre elas inclui-se o prefeito.

Vieram para Nevesinje na primavera de 1992 (quando então começou a guerra na Bósnia). Fugiram de seus vilarejos e cidadezinhas quando as autoridades sérvias os avisaram: os muçulmanos (ou eventualmente os croatas) vão queimar suas casas, vão degolar as crianças.

Eles conseguiram chegar a Nevesinje. As crianças cresceram.

Moram aqui até hoje.

Por exemplo, na segunda casa ao lado da prefeitura: apenas mulheres (assim pelo menos parece). A casa é grande, de dois andares, com escadas do lado de fora. Em cada cômodo — uma família. Três ou quatro pessoas em dez metros quadrados: dois sofás-camas, uma mesinha, algumas panelas, um retrato de Karadžić.

Queixam-se: não há água nos canos. Isso é o normal, dia sim, dia não, falta.

As crianças estão terminando o ensino básico. Com que dinheiro continuar a educação delas? Onde?

Antes da guerra havia vida.

Informam: o dono daquela casa era um muçulmano.

Huso tinha uma esposa chamada Sabira. Foram para Sarajevo. Quatro anos atrás, a filha deles passou um instante por aqui, pediu o álbum de fotografias da família.

— Naquela primavera — diz o prefeito Buha — os muçulmanos daqui foram para Mostar, Konjic, Sarajevo, Nova York e Sidney. Foram para junto dos seus. E o mundo anunciou que os sérvios são umas bestas-feras, que matamos os muçulmanos.

Era verão, não primavera. Tanto o prefeito quanto os atuais residentes da casa de Huso e Sabira já moravam na época em Nevesinje. Eles devem saber o que aconteceu aqui.

Huso era um comerciante aposentado (tinha oitenta anos). Sabira, uma funcionária pública aposentada (setenta anos). Trabalharam honestamente, construíram uma casa, educaram os filhos, envelheceram tranquilamente. Até aquele mês de julho (1992). Até junho, na verdade, porque os primeiros assassinatos dos muçulmanos em Nevesinje começaram em 10 de junho. Primeiro assassinaram os ricos, e, depois, quem quer que fosse. Huso devia saber disso muito bem, quando nos primeiros dias de julho conversou pelo telefone com o filho que morava em Sarajevo.

Não queria preocupá-lo. Disse-lhe que tudo estava em ordem por ali.

Nada estava em ordem. Alguns dias depois, seus vizinhos sérvios (primeira casa depois da repartição pública) decidiram arranjar um lugar para os desabrigados sérvios (os atuais residentes). Levaram Huso e Sabira para fora da cidade.

Seus corpos foram exumados em 1997 (e ainda dois tios, suas esposas e filhos). Sabira tinha dinheiro, um relógio e ouro costurados na roupa. Não houve problemas com a identificação. Foi enterrada. Não longe dali, do lado muçulmano.

Então a filha de Huso deu uma passada em Nevesinje e pediu o álbum de fotografias da família.

Os residentes sorriram e devolveram o álbum. A filha deu uma olhada na casa do pai e foi embora.

AS MONTANHAS DE HERZEGOVINA

É julho. No café Big Ben, na parte leste de Mostar, todos os dias as mesmas pessoas se reúnem antes das oito da manhã. O sol já está queimando. A pequena praça na qual foram colocadas as mesinhas de metal, graças às altas paredes dos edifícios vizinhos, esconde-se com eficácia da canícula. As pessoas no café sorriem, conversam, leem os jornais, alguém telefona. É evidente que todos se conhecem. Todos têm cerca de quarenta anos, alguns um pouco mais novos ou um pouco mais velhos. Estão esperando pelos outros. Os outros chegam a cada instante, cumprimentam os já reunidos e pedem café.

A dra. Ewa Klonowski está presente: com botas pesadas, bermuda jeans, uma camisa leve e um chapéu de palha.

Também está presente Jasna Ploskić (39 anos). Está sentada agora com Sanja Mulać junto à mesinha alta. Sanja é a chefe da divisão em Mostar da Comissão

Bósnia de Busca aos Desaparecidos. Jasna — sua vice. Com certeza, estão conversando sobre aonde iremos daqui a pouco e o que poderemos esperar dessa ida.

Iremos para as montanhas da Herzegovina. Sanja já dá o sinal de partida, embora os espeleólogos, pelos quais estamos esperando há bom tempo, ainda não tenham chegado de Sarajevo. E nem chegarão — alguém interpretou mal alguma informação, entendeu mal, errou as datas ou não tomou a decisão apropriada a tempo. Na Bósnia isso é o normal, não é de admirar.

É necessário ir: de Mostar para o sudoeste — para a República Sérvia.

No caminho, num vilarejo sérvio, juntam-se a nós os soldados espanhóis da SFOR (Força de Estabilização da OTAN) — proteção em caso de necessidade. Agora, da rodovia principal, viramos à esquerda numa estrada de cascalho branco. Subimos mais de dez quilômetros pelas íngremes serpentinas.

A montanha é grande, escassamente coberta de vegetação. Terra queimada, enormes pedras cinzentas, canícula.

As primeiras árvores podem ser vistas num pasto plano. E uma propriedade. Alguém vive aqui. De que vive, não se sabe.

Uma mulher idosa sai para a estrada, com a mão protege os olhos do sol, olha.

Provavelmente se admira de que um comboio esteja passando por sua tapera: jipes e caminhões.

Talvez tenha se admirado também nove anos atrás. Era por ali que passavam, não há outra estrada.

Passavam de dia, como nós, ou será que escondiam crimes na escuridão?

Passamos por um celeiro, seguimos ainda adiante, floresta adentro, para a sombra.

OS VIZINHOS

Antes que se aproximasse o ano em que tudo isso aconteceu (1992), Jasna terminou a faculdade de direito, casou-se com Hasan (ele tinha o mesmo nome que o marido de Mubina, aquela que colheu os narcisos), teve um filho (1987), fez trinta anos, teve uma filha (1991). Hasan — economista de profissão — era um homem de sucesso, tinha um salário estável e uma bela casa.

Sua mulher não precisava trabalhar. — Assim vai ser melhor para as crianças — diziam. — As crianças pequenas precisam da mãe o tempo todo.

Um ano ou talvez meio ano antes de tudo, Jasna sentia desassossego: nas ruas de Mostar os reservistas sérvios atiravam para o ar, abordavam as pessoas, ofendiam as mulheres.

A casa da família Ploskić — propriedade da sogra de Jasna — ficava em Šehovina. Era um bairro de Mostar habitado em sua maioria por sérvios procedentes da cidade próxima de Nevesinje (de onde veio também o muçulmano Hasan).

Na primavera, os vizinhos sérvios bateram à porta de Jasna e pediram-lhe que lhes emprestasse algumas bolsas de viagem.

Fugiram para Nevesinje depois que nos quartéis ao norte dos subúrbios explodiu um tanque de combustível.

Era 4 de abril: medo, confusão, pânico. O começo da guerra.

Emprestou as malas aos vizinhos.

— Nunca mais vou perdoá-los — diz hoje. — Eles poderiam ao menos dizer: «Jasna, não vá para Nevesinje. Vocês não vão encontrar nada de bom por lá».

Os exércitos sérvios tomaram a cidade. Hasan, Jasna, o pequeno Amar e a pequenina Ajla, o irmão de Hasan, sua esposa e seus três filhos — todos em um só carro foram para a casa de uma tia, perto dali.

Lá, as mulheres muçulmanas e as croatas se preparavam para viajar. Deveriam ir com as crianças para o exterior, para os centros croatas de refugiados.

Os homens capazes de lutar não foram liberados

para viajar ao exterior.

Jasna também estava preparada para pegar a estrada.

Pressentimentos ruins a assaltaram, de que nunca mais veria Hasan. — Vou ficar — disse para o marido. Ele cedeu.

As pessoas aqui querem esquecer aqueles tempos — diz Jasna. — Eu vou enlouquecer quando esquecer.

Hoje, no cantão de Herzegovina-Neretva, procuram-se cerca de 1.500 desaparecidos daquela época. Possivelmente cinquenta croatas e um pouco menos de sérvios.

Jasna e o marido decidiram ir adiante: para as cercanias de Nevesinje, onde era mais seguro. Lá todos os conheciam. Afinal eram vizinhos.

Foram para o vilarejo de Presjeka, para a casa da sogra. Foram pelos campos, pelas florestas e montanhas, em suma: quarenta quilômetros. Todos eles: dois casais e cinco crianças.

Os soldados sérvios os pararam, confirmaram a identidade. Foram gentis, permitiram que fossem adiante.

Em Presjeka, as pessoas viviam como sempre: acordavam, se lavavam, rezavam. As mulheres alimentavam o gado e o conduziam para o pasto. Limpavam as casas, preparavam as refeições. Os homens reparavam as máquinas antes das colheitas (plantavam centeio e trigo ali), reclamavam da seca, bebiam café na cafeteria. Em Presjeka havia uma cafeteria, uma mercearia, uma escola e mais de trinta casas térreas de pedra.

Há pedra em todos os lugares em volta e umas poucas árvores perto dos domicílios: ameixeiras, pereiras, nogueiras. Não eram grandes, não davam uma boa sombra. Então, durante o dia, todos se escondiam nas casas. Entre as paredes era agradável; do lado de fora, uma frigideira, uma canícula.

Mas à noitinha ficava mais fresco (a diferença de temperatura entre o dia e a noite chega aqui a até trinta graus). As crianças faziam barulho entre as casas, as mães chamavam-nas para tomar banho e dormir. Ainda se sentavam na entrada para conversar um pouco com as vizinhas. Faziam os planos para o dia seguinte: lavar a roupa, cerzir, arrancar o mato e regar as plantas.

Jasna também viveu assim por um mês, até que ouviram um estrondo em Presjeka. Ou melhor, um retumbo: uniforme, surdo, abafado, porém inequívoco. Vinha do vale de Nevesinje por doze quilômetros. O vale (melhor dizendo, a planície) é um corredor largo, fechado nos dois lados opostos pelos gigantescos maciços das montanhas Velež e Crvanj. Uma mesa plana: grama ruim e pedras. Por isso, mesmo de longe, dava para ouvir tão bem.

Era o estrondo das granadas. As pessoas em Presjeka não sabiam o que estava acontecendo na cidadezinha, até que os primeiros sobreviventes de lá chegaram. Disseram: — Estão matando.

Os primeiros assassinatos de muçulmanos em Nevesinje começaram em 10 de abril de 1992. Primeiramente mataram os ricos, e, depois, quem quer que fosse.

OS LOBOS

Em 22 de abril, às quatro da manhã, as granadas sérvias caíam em Presjeka.

Uma mulher foi morta (quem lembra hoje seu nome?).

As casas estavam em chamas. A canícula se intensificava. As pessoas pegavam roupas, comida e as crianças.

Apavorados, eles fugiram em direção à montanha Crvanj.

Esconderam-se na floresta. Não podiam ir adiante: para o espaço amplo, claro e descoberto.

A noite caiu. Atravessaram a Presjeka incendiada até o vilarejo de Kljuna.

Encontraram os muçulmanos de Kljuna e de outros vilarejos vizinhos. Entre eles havia também pessoas de Mostar, que foram feitas prisioneiras dos sérvios e, não se sabe o motivo, libertadas.

No vilarejo de Kljuna, tiveram que abandonar dezessete idosos. Aqueles que não podiam andar pelas montanhas: Jasna se lembra de um homem se separando da mãe. Porque ele não conseguia carregá-la. Deixou-lhe um pouco de comida. Tinha esposa, filhos, não tinha escolha.

Os idosos abandonados não precisariam de comida por muito tempo.

Suas gargantas foram cortadas. Os lobos estraçalharam seus corpos mortos e espalharam os ossos por toda a redondeza.

JAULA

Crianças, mulheres e homens — iam em frente sem saber para onde. Havia entre eles agentes florestais que trabalhavam naquelas florestas e asseguravam que sabiam aonde ir. Levariam todos para Mostar, assim prometeram. Em Mostar já estava mais calmo, os sérvios tinham deixado a cidade, porque entraram em acordo com os croatas. Antes mataram uma centena de pessoas e jogaram os corpos num lixão (assim morreram o primo e a prima de Jasna).

Iam pela montanha Velež. Chuva, granizo, noite gelada, dia tórrido. Era muito difícil. Jasna com a filhinha nos braços. Hasan com o filho.

Ajla — nove meses.

Amar — quatro anos.

No quarto dia da caminhada, caiu uma granada. Bem perto dos que caminhavam. Provavelmente por acaso. Ali continuavam ainda lutas esporádicas entre sérvios e croatas. Houve grito, pânico, correria. A explosão dividiu os refugiados em dois grupos. Jasna, seu marido Hasan, seu cunhado com a mulher e todas as crianças se encontravam no grupo menor. A sogra — no maior. O grupo maior teve mais sorte. Os agentes florestais que conheciam as florestas nas encostas dali também sumiram em algum lugar.

Foram andando: Jasna, seu marido, seus filhos, o irmão do marido, sua mulher, seus filhos. Durante quatro dias, algumas dezenas de pessoas ficaram dando voltas pela floresta como numa jaula. Sedentos, famintos.

Sete soldados sérvios — armados até os dentes — vieram por trás (era 26 de junho). As mulheres abraçaram as crianças, os homens jogaram as pistolas nos arbustos. Os soldados não insultaram nem ofenderam. — Não tenham medo — disseram, e mandaram seguir para a campina Velež.

Lá havia vilarejos. E todos já eram sérvios.

No vilarejo havia uma escola. Diante da escola, homens sérvios organizaram uma seleção eficiente: mulheres e crianças de um lado da estrada, homens muçulmanos do outro.

As mulheres sérvias gritavam com o maior desprezo possível: — Suas putas! Filhas de umas putas fodidas!

As mulheres muçulmanas baixavam a cabeça.

Jasna, no entanto, olhava para o outro lado da estrada. Viu quando levaram Hasan. Não se sabe para onde.

Voltaram com ele uma hora depois. Hasan olhou para a esposa e balançou a cabeça em sinal de que dali não ia sair nada de bom.

— O que vamos fazer com esses caras? — perguntou um dos sérvios.

— Vamos esperar até que chegue o comandante — respondeu um outro.

Segundo Jasna, tratava-se de Zdravko Kandić. Ele chegou algumas horas depois, perto das cinco da tarde. Deu uma ordem — Jasna escutou.

— Para os caminhões e para Breza.

Ela, na época, não sabia o que era Breza. Hoje, sabe.

AS GALOCHAS

Estamos na floresta. Aqui existem inúmeras cavernas e buracos na terra. Existe também a Gajova Jama — o lugar que uma testemunha indicou. Não há testemunhas conosco, as testemunhas têm medo. Sanja Mulać e Jasna conversaram com uma testemunha.

Ela lhes disse: — Procurem em Gajova Jama.

Em Gajova Jama (mais precisamente: acima da furna) os trabalhadores cortam os arbustos e, com alguns golpes das pás, descobrem um grande buraco na terra. Não dá para ver quão profundo é. De qualquer forma, ninguém olha particularmente para ele, todos se escondem um pouco mais adiante — sob uma árvore. Lá, a dra. Ewa Klonowski veste um macacão de plástico branco e enrola na cintura um cabo de reboque. Não há espeleólogos — é preciso dar um jeito sozinhos. Enganchamos alguns outros cabos naquele primeiro e jogamos a outra extremidade do emaranhado por cima de uma árvore grossa mais próxima.

A dra. Ewa põe as luvas de látex, segura a lanterna e desce pelo buraco. A furna tem formas irregulares. Não vemos o fundo, já não vemos Ewa. Mas ela, a cada instante, puxa a cordinha para afrouxá-la um pouco. Vê-se que quer descer um pouco mais. Ela não aparece por cinco, dez, vinte minutos.

— Não tem nada. — Por fim, coloca a cabeça para fora da terra e sacode os insetos de seus cabelos.

— Como assim!? — irrita-se Jasna. — Como assim, não tem nada?

Jasna esperava que talvez finalmente hoje fosse encontrar as galochas vermelhas.

O PORÃO

A noite caiu. As mulheres e as crianças foram obrigadas a embarcar nos ônibus que ainda havia pouco levavam os lenhadores para a floresta. Partiram. Nos subúrbios de Nevesinje mandaram que desembarcassem. E entrassem no porão do prédio da caldeira municipal.

A porta foi aferrolhada.

As mulheres colocaram as crianças no chão de concreto.

As crianças choravam. Não havia comida, bebida, nem banheiro. Faltava ar (apenas uma janelinha gradeada).

Quando o dia amanheceu, um menino sérvio olhou para dentro do porão pela janela. Talvez tivesse uns sete, oito anos. Jasna pediu ao menino sérvio água para as crianças. O menino foi embora, ela pensou que ele ia voltar. E não se enganou.

— Alija fodeu suas mães! — Abriu a garrafa e

derramou fora a água aos olhos dos sedentos. O muçulmano Alija Izetbegović era então o presidente da Bósnia. — Ele que dê água para vocês!

Jasna pediu ao filho que fizesse xixi em alguma tampa. — Ela bebeu assim, como se fosse um suco — diz, sobre a filha.

Segundo dia, terceiro. O banheiro não era mais necessário, as crianças não tinham mais o que urinar.

Na quarta noite, perto das onze, alguém começou a esmurrar a porta, xingava. Eram alguns homens. Não tinham chave, forçaram e abriram a porta.

Eram cinco, dois com meias nas cabeças.

Jasna segurava Ajla nos braços. E Amar estava bem junto da mamãe.

Estava escuro, os homens iluminavam os rostos das mulheres com lanternas. Uma linda menina foi salva por seu filhinho de sete dias. — Ela acabou de parir — disseram os homens. — Essa não vai ter serventia.

As mulheres compreenderam para que eles tinham vindo. Começaram a gritar.

Levaram logo três: Fadila e ainda duas outras lindas irmãs. Levaram também Mersada, mãe de duas crianças. E Jasna. Jasna se soltava, agarravam-na pelos cabelos, batiam.

—Você não vai? — Tiraram as facas. — Então vamos degolar seu filho na sua frente.

Ela foi.

No porão ficaram trinta mulheres e vinte crianças. Ajla e Amar também.

FALSIFICAÇÃO

É o mês de agosto. Jasna espera por nós no café Big Ben.

Tem a face madura, olhos escuros serenos (delicadamente delineados com lápis), lábios pintados (de vez em quando sorri brevemente), o cabelo ruivo num penteado bem-arrumado, uma corrente de ouro, uma camiseta de alças, calças militares verdes com bolsos nas pernas, sapatilhas leves na cor bege. Linda, orgulhosa. É assim que ela quer ser.

— Por eu ser assim é que meu marido me amava.

Vamos juntos para o lado de Nevesinje (República Sérvia na Bósnia e Herzegovina).

Jasna (agora de óculos escuros) senta-se no banco da frente.

— Aqui nasci, aqui morri.

Ela entreabre a janela e o vento esvoaça seus cabelos.

— A vida é uma falsificação.

Passamos por uma cidadezinha: as pessoas passeiam, bebem café na cafeteria.

— Em cada um deles eu vejo um assassino.

O MOTEL NO LAGO

As cinco mais belas foram levadas para o lago Boračko (lá havia um motel, bangalôs, casinhas de camping e um antigo centro recreativo), onde a organização paramilitar sérvia dos Águias Brancas estava estacionada. Ali estavam os soldados sérvios de Banja Luka e de Knin. De boinas vermelhas. Bebiam.

Um deles era Petar Divjaković — conhecido como Divjak.

Segundo Jasna, o mais cruel de todos. Agora mora em Novi Sad (Sérvia) e tem uma família feliz.

As mulheres foram separadas. Jasna foi levada para o motel. No caminho, tirou o ouro do braço e escondeu no bolso, por intuição, sem pensar sobre isso. Empurraram-na para dentro de um pequeno cômodo de dois metros por dois. Lá dentro — um homem, de cujo rosto Jasna hoje não se lembra.

Ela se lembra de sua enorme faca no cinto.

Ele se sentou numa cadeira e mandou que ela se

sentasse em frente a ele.

— De onde você é? Casada? Quantos filhos você tem?

Ela respondeu.

— Marido muçulmano?

Ela respondeu. E acrescentou que para ela era tudo igual, se o homem era sérvio ou muçulmano. Não é pela nacionalidade nem pela religião que se devem julgar as pessoas.

— Balinka! Se tudo é igual para você, por que você não se casou com um sérvio, para o sérvio te foder?

Balinka — é assim que na Bósnia falam desdenhosamente sobre uma mulher muçulmana, é assim que a ofendem.

Jasna mentiu que tinha tido um namorado sérvio no liceu. Mas ele não quis se casar.

— Como era o nome dele? — o homem perguntou, de imediato.

O tempo todo, os olhos dele a penetravam. Ela tinha medo de que, se apenas olhasse para o lado, ele lhe cortasse a garganta.

Ela o olhava direto nos olhos.

— Goran — deu o nome de um colega do liceu, aquele do primeiro banco. E acrescentou o sobrenome.

— Quando vocês se casam, vocês ganham muito ouro, não é? Onde está seu ouro?

Ela pensou que, se confessasse que o tinha escondido, ele a mataria.

— Ficou em Mostar.

— Agora vou olhar dentro dos seus bolsos — o homem baixou a voz e tirou a faca do cinto. — Nem mesmo Deus vai poder te ajudar se eu encontrar alguma coisa.

Ela sentiu que era o fim.

Pediu a Alá uma morte por bala, não por faca.

O homem se levantou, se aproximou, tocou-a e voltou para a cadeira.

— Eu acredito em você.

Entraram os outros. Três, quatro.

Entre eles estava Petar Divjaković, aquele que hoje em dia vive em Novi Sad e tem uma família feliz.

Começou o estupro.

PERGUNTAS QUE NÃO SE FAZEM

Começou o estupro — é só isso que Jasna tem a dizer sobre isso. Mas fala isso alto. Na Bósnia, é provável que apenas Jasna Ploskić confesse publicamente que é uma vítima de estupro étnico: os sérvios a estupraram porque era muçulmana. Outras mulheres estupradas se calam, estão desonradas. Elas escondem sua desonra até dos maridos (se é que os maridos sobreviveram).

Mas existem aqui também aquelas mulheres que — em particular — contam com detalhes como foram estupradas. O poder judiciário internacional exige delas um relato. Nos relatos repetem-se alguns detalhes: alguns homens, uma sala escura, tapas no rosto, chão de concreto, roupa retirada com uma faca...

Não vamos fazer nenhuma pergunta para Jasna. Não somos um tribunal.

NOME E SOBRENOME

Em cada um deles eu vejo um assassino — repete Jasna. — Mas, quando estou na minha casa em Mostar, quando não olho para eles, penso diferente: afinal de contas, nem todos mataram, cada crime tem seu nome e sobrenome.

Crimes em Nevesinje: quinhentos civis assassinados. Novica Gušić — comandante sérvio do exército em Herzegovina. Pouco tempo atrás, a jornalista Edina Kamienica, do jornal sérvio *Oslobođenje*, telefonou para ele. Para Belgrado, para onde fugiu. Ela lhe perguntou sobre aqueles dias em Nevesinje. Ele respondeu: — E por que você não me pergunta sobre as valas comuns de sérvios de 1941?

Zdravko Kandić — aquele que ordenou que levassem os homens para Breza. Dizem que ele mora agora em algum lugar perto de Trebinje — mas quem é que vai saber exatamente onde?

Krsto Savić, conhecido como Kicio — chefe da

milícia, ainda há pouco tempo estava preso em Foča (República Sérvia na Bósnia e Herzegovina). É suspeito de ter assassinado, já depois da guerra, um voivoda sérvio. Estivemos em Foča, tentamos uma conversa com Kicio. Queríamos lhe perguntar sobre aquele mês de junho em Nevesinje. Mas ele não está mais na prisão. Por decisão do tribunal sérvio, embora não haja ainda uma sentença, ele foi libertado e responderá em liberdade. Onde mora? Isso não nos é permitido saber.

AS LIMPEZAS

Jasna já sabe o que é Breza. Assim são chamadas as florestas das redondezas. Bem aqui, em 18 de maio de 1999, foi aberta uma vala comum. No fundo, talvez a meio metro de profundidade, 27 corpos incompletos (a dra. Ewa Klonowski tomou parte na exumação). Era uma *sekondarna grobnica*, uma sepultura secundária.

Jasna sabe que, no final de agosto ou em setembro de 1993, por ordem de Zdravko Kandić e seu superior Novica Gušić, quatro pessoas foram para a furna (chamada de «tumba primária») para transportarem os corpos. Para a montanha Velež, para outro buraco na terra. Era preciso fazer uma limpeza, porque as primeiras divisões das Nações Unidas tinham chegado a Nevesinje.

Passados alguns anos, Jasna conversou com um daqueles que participou da transferência. Hoje o considera um irmão.

Houve então duas exumações. Parte dos ossos foi achada em uma furna e parte em outra. Parte da armação dos óculos de alguém em uma e a outra parte quebrada em outra.

A primeira furna, o túmulo original, tem dez metros de profundidade. Nessa furna foram achados 144 cartuchos e cabos telefônicos (eles foram amarrados antes?). Não se sabe se foram mortos logo depois de removidos da escola (26 de junho de 1992) ou se no dia seguinte. Na maioria dos relógios, o datador parou em 28 de junho.

Jasna encontrou o marido.

A dra. Ewa colou todas as partes do crânio dele. Houve o enterro.

AS ÁRVORES

Aproximamo-nos de Presjeka por um vale plano e amplo. Passamos pelo vilarejo no qual nasceu o pai de Jasna e onde ela também nasceu. O vilarejo não está destruído, hoje os sérvios moram nas casas muçulmanas.

Agora Presjeka. Onde? Do lado direto do asfalto estreito, mal dá para vê-la. Os esqueletos cinzentos de pedra das casas (sem telhados, janelas e portas) mesclam-se com o fundo de pedra da encosta da montanha Crvanj. Canícula como sempre, ar parado, silêncio.

Mas há vegetação, e a partir disso pode-se saber que aqui houve um dia um vilarejo, habitações (conhecemos vilarejos semelhantes no sul da Polônia, na região de Łemkowszczyzna). Pereiras, ameixeiras, nogueiras, sabugueiros, sorveiras, árvores, arvorezinhas, arbustos e trepadeiras abrem caminho impunemente pelos vestíbulos, porões, banheiros, quartos, cozinhas, despensas, oficinas, estábulos, currais, salas de aula, pela cafeteria e pela loja. Ninguém detém essa marcha das árvores, nem limpa ou poda os galhos. As chuvas abundantes da primavera e do outono proporcionam-lhes a vida.

Algumas casas são novas. Espicham-se por trás das ruínas aqui e ali. Não combinam com o todo. São rebocadas, têm janelas e telhados vermelhos. A vida está voltando a Presjeka.

Uma senhora e um senhor idosos saem para cumprimentar. Estão felizes por verem Jasna. Estão vestidos como se esperassem convidados: ele veste calças bege vincadas com o ferro de passar e uma camisa azul com colarinho. Ela, um lenço claro, uma blusa elegante e uma saia estampada.

Eles não têm filhos. Ninguém os visita. Os sérvios não passam por aqui.

Naquele dia, quando erravam pelas montanhas (quando a granada caiu perto dos que caminhavam), eles ficaram no grupo maior. O grupo maior teve mais sorte.

Não tem muito tempo, retornaram para Presjeka. Com os subsídios da União Europeia, reconstruíram-lhes aquela pequena casa. Ela semeou flores e plantou cebolas. Ele reconstruiu um fragmento do antigo sistema hidráulico com a ajuda de mangueiras de borracha. Eles têm água na torneira e um belo banheiro.

Nenhum ônibus passa por Presjeka.

Uma vez por semana, um sérvio chega de Nevesinje e lhes vende café, açúcar e farinha. Não há trabalho, ele inventou esse negócio sozinho.

Eles têm cem marcos bósnios de aposentadoria e com isso compram o necessário.

Ele está mal dos rins, deveria fazer uma cirurgia, mas não tem para onde ir. Tudo é longe.

Falam raramente com os poucos vizinhos que retornaram recentemente. Suas casas estão espalhadas (cada um reconstruiu no seu antigo terreno) e é preciso andar muito. E o sol queima. Ninguém tem forças, todos estão velhos, doentes. À noite aqui é escuro e silencioso e dá até medo de sair entre as ruínas.

No inverno a neve chega até à cintura. Antes eles tinham madeira da sua própria floresta para usar como combustível. Agora não há mais floresta (os sérvios cortaram). Precisam então comprar madeira, trazer e cortar.

Não há juventude aqui — dizem. — A vida voltou aqui, mas por pouco tempo. São os últimos anos de Presjeka.

Há um cemitério em Presjeka.

As velhas lápides verticais (dos tempos dos turcos, dos tempos de Tito) estão se inclinando em direção ao chão.

Não há túmulos novos. Há nove anos ninguém morre aqui.

Tanto ele quanto ela oram para que o bom Alá os leve para si ao mesmo tempo.

Não perguntam nada para Jasna. Eles sabem pelo que ela passou.

BOA NOTÍCIA

As mulheres violentadas foram levadas à força para uma prisão provisória no motel, no lago Boračko. Lá estavam Jasna, Fadila e Mersada, faltavam ainda as duas lindas irmãs.

Havia doze outros presos lá. Disseram que eram croatas das cercanias de Mostar.

À noite vieram os sérvios (*tchetniks* — assim diz Jasna).

Torturavam os homens.

As mulheres cobriam a cabeça com os cobertores.

Os algozes se gabavam às mulheres de que poderiam matar até uma criança.

De manhã cedo, veio um homem e levou Jasna. Disse que ela lhe agradava muito, que queria dormir com ela e assim por diante. Ela falou sobre o marido e os filhos. E que não sabia o que estava acontecendo com eles.

Ele a levou para um dos bangalôs de camping. Lá

estavam esperando as duas lindas irmãs. Elas também já tinham passado por muita coisa ali.

Elas tinham vindo de Presjeka, e graças a isso Jasna está viva. A mais velha das irmãs trabalhava na fábrica têxtil em Nevesinje e conhecia o comandante local Radoslav Soldo.

Ele prometeu que ia salvá-las.

Petar Divjaković prometeu que ia matá-las.

Radoslav perguntou às mulheres se elas tinham alguma conhecida sérvia em Nevesinje que pudesse lhes dar abrigo.

— Temos — disseram as irmãs. — Temos Sveta.

No lago Boračko, havia ainda um homem bom, o qual Jasna gostaria hoje de mencionar. Um estudante do seminário ortodoxo, que foi incorporado ao exército à força. Perguntou a Jasna por que estava chorando.

Ela lhe contou sobre os filhos no porão: sem água, sem comida, sem a mamãe.

— Que vergonha! — ele gritou. Jasna gostaria de recordar aqui o nome dele, mas não se lembra.

Pela manhã, Radoslav a levou e às duas lindas irmãs para Nevesinje. O que aconteceu com Fadila e Mersada, que ficaram com os homens torturados? Jasna nunca mais as viu. Também nunca mais viu aqueles homens.

Até hoje estão desaparecidos.

A conhecida sérvia abriu a porta: — Eles vão incendiar a minha casa. — Olhou em volta com cautela e fechou a porta.

— Leve-me para meus filhos — disse Jasna para Radoslav (as duas lindas irmãs não tinham filhos).

Ele disse a elas para esperar no hotel. Designou um soldado para tomar conta.

— Bebam um café.

Ele mesmo foi até o superior sérvio da milícia e ao comandante sérvio do exército (seus nomes, já sabemos).

— Vou me informar de tudo e volto até vocês — disse, na despedida.

Voltou depois de uma hora e disse algo de que Jasna vai se lembrar para sempre.

— Tenho uma boa notícia. As crianças estão bem. Ontem elas foram levadas para a permuta de prisioneiros com a parte muçulmana. Que eles se fodam! Nos deram quatro cadáveres por um ônibus cheio de vivos.

Devia ter vinte crianças no ônibus.

— E os meus estavam lá? — Jasna deu um salto.

— Estavam.

Radoslav perguntou se tinham coragem de ir sozinhas pela montanha Velež até Mostar. As crianças deveriam estar lá.

— E o marido, você também vai encontrá-lo lá — ele disse.

— Nós vamos.

Levou-as até o pé da montanha, deu-lhes pão e conservas.

— Que Deus permita que algum dia possamos nos encontrar como pessoas e nos olharmos nos olhos. Tenham cuidado.

Indicou-lhes a estrada pela montanha Velež. Avisou-as que, se caíssem nas mãos dos homens de Šešelj,[3] nem Alá as salvaria.

— Ninguém vai salvá-las. Nem a mim.

....
3 Vojislav Šešelj: nascido em 1954, político nacionalista sérvio, é o fundador do Partido Radical da Sérvia, julgado por crimes de guerra. [N.T.]

Partiu.

Elas iam rastejando. Levantaram-se quando caiu a noite.

Até recentemente, nas encostas da montanha Velež, moravam só muçulmanos. Agora, só gado nos pastos.

— Venha aqui, Glavica! — escutaram por fim uma voz masculina. — Ah, é? Então que morra!

As mulheres começaram a chorar. Tinham certeza de que tudo tinha acabado. Era o fim.

Mas o homem estava gritando assim com uma vaca.

— Um *tchetnik* não poderia saber o nome de uma vaca dali — uma delas disse.

— Espere! — elas gritaram.

O homem (ou melhor, o rapaz) começou a correr.

— Somos muçulmanas — gritavam atrás dele.

— Foi o próprio Alá que me enviou para encontrar vocês — ele disse, quando se acalmou. — Vocês estão indo direto para o vilarejo dos šešeljanos.

Os šešeljanos são uma organização paramilitar sérvia, conhecida por sua crueldade.

Elas descansaram nas tendas de pastores muçulmanos. Foram levadas para um vilarejo muçulmano. Lá, encontraram soldados muçulmanos.

À noite, levaram-nas para Mostar, para um bairro a oeste. Na Casa da Criança, organizaram um campo de refugiados.

Jasna estava feliz. Primeiro encontrou sua sogra.

— Onde estão as crianças? — perguntou a sogra. — Onde está Hasan?

— As crianças chegaram aqui ontem. — Jasna olhava em volta. — Um ônibus cheio.

— Jasna! Nenhuma criança chegou aqui. Aqui não tem crianças.

DUAS MULHERES

Do outro lado da montanha Crvanj (não muito longe do lago Boraćko), está a furna Borisavac.

Há séculos os habitantes locais repetem que é uma furna sem fundo.

Mas agora (é fim de agosto) já sabemos que o fundo existe: basta descer 75 metros por uma chaminé estreita até o fundo. Lá estão os ossos, os refletores iluminam e as pessoas trabalham.

Acima da furna, um aglomerado de pessoas. Lá está também Jasna. Está ao lado da dra. Ewa Klonowski, que há um mês quebrou a perna em outra vala comum e agora não pode trabalhar lá no fundo. Instalaram para ela um monitor e desceram uma câmera para a caverna.

Vemos o que está acontecendo lá. Os familiares e amigos dos desaparecidos também veem. A dra. Ewa comanda a exumação pelo rádio. No fundo da furna trabalha Piotr Drukier — um jovem antropólogo de

Wrocław. Junto com ele, trabalha Amor Mašović — chefe da Comissão Bósnia de Busca aos Desaparecidos.

Na furna Borisavac esperamos encontrar os ossos de dezenove idosos que foram assassinados no vilarejo vizinho, em julho de 1992. Pelo relatório do homem que sobreviveu à execução, sabe-se que os corpos foram jogados bem aqui: na caverna sem fundo.

Agora, os primeiros sacos brancos (*body bags*) sobem. Os trabalhadores os colocam na grama. Os familiares e amigos dos desaparecidos ficam em volta. A dra. Ewa olha os ossos e define habilmente a idade e o sexo.

Foram exumados os restos de duas jovens mulheres.

Então, aqui estão outros ossos. Jasna não esperava por isso.

— Poderiam ser Fadila e Mersada? — pergunta. Tem os olhos molhados.

— Talvez — diz a dra. Ewa. — Precisamos checar.

— E tem crianças lá?

— Piotr! — agora Ewa fala pelo rádio. — Você tem crianças aí?

— Não tenho. Por enquanto não tenho.

SORTE DAS MÃES

Crianças desaparecidas em Nevesinje, em junho de 1992:
Sipković (sete dias, sem nome),
Assim Sipković (dezessete anos),
Huso Sipković (três anos),
Huso Aličić (oito anos),
Meho Aličić (dezessete anos),
Merima Aličić (cinco anos),
Nazika Aličić (onze anos),
Saudin Aličić (cinco anos),
Salih Alibašić (dezesseis anos),
Ajla Mahinić (um ano),
Ibrahim Mahinić (doze anos),
Lejla Mahinić (sete anos),
Omer Mahinić (dez anos),
Amina Omerika (um ano),
Agan Ploskić (um ano),
Amra Ploskić (cinco anos),
Emin Ploskić (um ano),
Samra Ploskić (quatro anos).

Ajla Ploskić (nove meses). Hoje teria dez anos, Jasna calcula a idade de seus filhos. Não tem uma foto da filha. Não tiveram tempo de fotografá-la.

Amar Ploskić (quatro anos), de galochas vermelhas. Hoje teria treze anos. Na foto, ele está sentado na bicicletinha.

Jasna é a única mãe que sobreviveu à sala das caldeiras. As outras mães tiveram mais sorte: morreram junto com os filhos. Não perguntamos a Jasna sobre os filhos: quanto pesavam quando vieram ao mundo? Por quanto tempo os amamentou no peito? Eram inteligentes, alegres, obedientes? Qual era o número das galochas vermelhas?

O MONUMENTO

Srebrenica — uma cidadezinha num desfiladeiro verde, República Sérvia. Aqui existem casas, blocos de apartamentos, uma escola e uma igreja ortodoxa numa colina. Canícula. As pessoas estão sentadas diante das casas que não são delas. E ficam olhando. Alguém ri. Chora. Ninguém vai andando para lugar nenhum. Ninguém usa ônibus. Melhor não.

Mas diante de algumas casas vê-se movimento. Fazem uma reforma.

As muçulmanas recuperam suas antigas casas na República Sérvia, restauram-nas com o trabalho braçal dos sérvios e vendem-nas aos sérvios. Tentam vender. Na vizinha Bratunac, já foram realizadas algumas primeiras transações; em Srebrenica, nenhuma.

Os sérvios queriam uma Srebrenica sérvia, mas não querem comprar casas aqui. Dizem: não estamos na nossa própria casa. Aqui é uma cidade muçulmana, cidade de morte e de sangue. E de vozes, que não se sabe de onde vêm. Sussurros, gritos, lamentos. Diz-se que há também aqueles que, às vezes, ouvem cinco muezins, como se de cinco minaretes invisíveis eles chamassem para orar os fiéis muçulmanos que há alguns anos não existem mais.

Os moradores atuais de Srebrenica podem viajar para Sarajevo, Vogošća, Ilijaš, Donji Vakuf, Bugojno e Glamoč. Se tiverem dinheiro para o ônibus. Eles podem invocar o acordo de paz de Dayton e, nas repartições públicas muçulmanas, tentar reaver suas antigas casas (quem viaja para as repartições públicas muçulmanas são as mulheres, os homens sérvios não gostam de viajar).

Os sérvios recuperam suas casas na Federação e as reconstroem com o dinheiro da União Europeia. Lá, as mulheres sérvias empregam operários muçulmanos. Elas colocam as casas à venda. É assim que normalmente ocorre. Com o dinheiro recebido pela venda, compram casas na República Sérvia, mas não em Srebrenica. Nossas autoridades, dizem, nos prometeram que aqui vão abrir novamente as fábricas e a estação de águas. Haverá trabalho. A estação de águas existe. Só que ninguém quer vir descansar aqui. As autoridades querem mudar o nome de Srebrenica para Srbobran (o sérvio defende). Acreditam que isso vá ajudar a promover a cidade. A guerra vai ajudar, dizem em Srebrenica. A guerra pode mudar alguma coisa.

Há pouco tempo, em Potočari, sob uma árvore num campo ao lado da estrada, viúvas e mães muçulmanas descerraram solenemente uma pedra rememorando o extermínio: «Srebrenica, julho 1995». E foram lá, de onde tinham sido expulsas havia alguns anos.

Tudo ocorreu sob escolta policial.

Em volta da pedra foi colocada uma cobertura acarpetada. Não há nenhuma aleia que leve até ela, existe uma eira. Ninguém cuida da arrumação.

Agora as autoridades da República Sérvia estão cuidando para que ninguém mexa no monumento muçulmano.

Uma guarita de madeira foi colocada sob a árvore. Na guarita foram pintadas as cores da Sérvia. Lá foi posto um policial sérvio. Ele fica sentado numa cadeira, colocou um tronquinho de árvore sob os sapatos. Pôs as mãos nos joelhos, e, sem nenhum movimento, fica olhando. Ele precisa cuidar da pedra muçulmana. Nós lhe perguntamos por que precisa cuidar da pedra. Ele fuma, joga fora a guimba.

O RETORNO

Naquele ano (1992), as pessoas deixaram de morar em Rizvanovići, perto de Prijedor. Os espaços nos vestíbulos, cozinhas e quartos foram tomados pelas sorveiras, acácias e lilases. Os telhados começaram a despencar, os pisos a apodrecer. Os cães e gatos desapareceram. Os pombos voaram para longe. Os arbustos de aveleira cresceram à direta e à esquerda do acostamento da estrada de forma tão exuberante que até se encontraram acima do asfalto, criando um espesso túnel verde.

As noites aqui costumam ser escuras e enevoadas; sem as pessoas, elas deviam parecer fantasmagóricas.

Hoje está muito agradável. A lua está cheia. As pessoas apagaram as luzes e ficam se virando de um lado para o outro.

RANGIDOS

Estamos bebendo café na casa de Halima (42 anos): já me acostumei. Eu me lavo, me enxugo e me deito. Quando sinto frio, puxo aquele cobertor vermelho. Adormeço sem problemas, sem demora, cansada com o dia que passou.

De vez em quando ele me visita. Eu não gosto dessas visitas. Por que ele vem? Sei que logo vai partir. Sei disso desde o início. Eu me viro para a parede.

Vá embora, eu digo, vá para o lugar de onde você veio. Eu logo vou acordar.

Ele não escuta. Senta aqui, no sofá-cama, aos pés do sofá. Fica sorrindo. Ele nem sequer me abraça. Se pelo menos esclarecesse como aconteceu. Para onde foi então?

Ou se ao menos perguntasse algo sobre o filho.

Eu poderia falar, falar, ficar falando sem parar. Sobre, por exemplo, como eu arrancava os arbustos. As minhas mãos, então, ficaram acabadas, a coluna também.

Nada. Fica em silêncio, uma pedra. Apenas olha, como se soubesse de tudo. Às vezes eu fico com raiva dele, por ele me deixar assim.

Talvez seja bem nesse momento que nosso filho vem do quarto ao lado (às duas? às três da manhã?), pega outro cobertor da poltrona e me cobre.

Quando o sol se levanta, eu também me levanto.

— De novo, mamãe — me diz o filho —, de novo você rangeu os dentes de noite.

— De novo trinquei os dentes? Desculpe-me.

— Como se você comesse uma pedra.

Bebo café, abro a janela, olho. O mundo existe.

O ÚLTIMO DIA DAS FÉRIAS

As crianças fazem barulho, as mulheres penduram a roupa lavada, os homens peneiram a areia. As betoneiras zumbem, as casas vão crescendo. Veem-se paredes de tijolo nuas em todos os lugares à volta: do lado esquerdo da estrada e do direito, pertinho do asfalto, na campina ou mais longe, perto da floresta. Quase trinta casas novas. Das janelas novas (se estiverem voltadas para o oeste) a vista será para Prijedor ou (se voltadas para o leste) para um denso amontoado de mato. O mato cresce cobrindo os restos das casas velhas, nas quais ninguém mais mora.

Vai ficar bonito em Rizvanovići. Mas este ano ainda não.

As betoneiras silenciam.

As férias dos homens terminam, precisam voltar para o lugar de onde vieram. Suas lindas esposas bronzeadas arrumam as malas e empacotam alguns sacos de pimentão (o pimentão comprado no supermercado alemão nunca será tão bom quanto aquele da terra dos pais). As crianças com roupas coloridas já estão sentadas em cadeirinhas seguras nos Mercedes prateados e acenam para nós agora na despedida. Cada uma recebeu uma garrafa de água mineral para a viagem.

Aqui não há água potável. O abastecimento de água não funciona há anos e os poucos poços estão cobertos com uma placa de metal, Eternit ou compensado de madeira. Ninguém usufrui deles, ninguém nem olha para eles.

Os últimos beijos, lágrimas. Os anfitriões, de pé na estrada, olham para os familiares que se vão.

Vão sentir falta dos parentes, particularmente das crianças menores: das fraldas no varal, das chupetas que caem no chão.

A última vez que uma pessoa nasceu em Rizvanovići foi há nove anos.

O PIMENTÃO

No limite do vilarejo ficam as estufas. Foram construídas com o dinheiro dos agricultores austríacos e dos aposentados italianos. Sua dona é a Associação «Pontes da Amizade», criada por donas de casa do lugar. Elas trabalham aqui e estão felizes, porque na Bósnia (e também nos vilarejos vizinhos) a maioria das mulheres não tem trabalho.

Antigamente as mulheres trabalhavam em Prijedor: nas repartições municipais, nas bibliotecas, nas lojas e fábricas. Hoje não há trabalho para elas na cidade. Mesmo que houvesse, nenhuma moradora de Rizvanovići iria trabalhar na cidade. Na Bósnia, o trabalho começa com um café coletivo.

Sobre o que se deveria conversar durante o café com aqueles de Prijedor?

Sobre os rostos camuflados de preto? Seria preciso perguntar quem era o camuflado.

Sobre as toalhas brancas? Seria preciso perguntar

para que serviam.

Sobre a igreja destruída em Prijedor? Sobre as mesquitas? Seria preciso perguntar quem poupou as igrejas ortodoxas.

Sobre as danças perto do rio? Seria preciso perguntar por que não há mais com quem dançar.

Nas estufas cresce o pimentão. O pimentão é semeado no viveiro duas vezes por ano: no final de fevereiro e em agosto. É necessário preparar a terra adequadamente, e nisso ajudam as minhocas americanas, doadas por alguém do exterior. O que crescer precisa ser replantado em março e em setembro. É preciso tirar as ervas daninhas todos os dia e regar toda noite.

Durante o trabalho, as mulheres contam sobre as compras que faziam antigamente:

— Número do colarinho: quarenta e um.

— Altura: um metro e oitenta.

— Um metro e noventa e três.

— Número do sapato: quarenta e três.

— Quarenta e cinco.

— Sempre havia problema com a numeração grande.

É preciso fechar as estufas de noite, para que o pimentão não congele, e abri-las antes do amanhecer, para que ele não queime.

— Nós jogávamos vôlei na praia — agora falam das férias na Croácia.

— As crianças construíam castelos na areia.

— Um lá estava se afogando e o meu marido o salvou. Foi assustador.

As colheitas são no verão e no inverno. Em janeiro o pimentão está mais caro. Particularmente aquele de Rizvanovići: sem aditivos químicos. As mulheres vendem pimentão e também tomates, pepinos, vagens e batatas na feira em Prijedor, a cinco quilômetros dali.

Não gostam de ir à cidade. Resolvem os assuntos só na feira: vendem legumes e depois fazem compras. Aqui é mais barato: roupas, sapatos, cosméticos. Bugigangas, mas ninguém aqui tem dinheiro para ir a uma loja.

Jasminka (chefe da associação, uns trinta anos) comprou hoje um traje de banho cinza azulado. Pagou vinte marcos, está satisfeita.

— Olhem só! Olhem só! — pisca o olho para nós. Amanhã vai com as amigas para o rio Sana.

Nas cestas empacotam *burek* (um assado de massa fina com carne), quefir e chá gelado. Entram no ônibus. Embora o Sana seja perto dali (o rio é particularmente bonito aqui), elas vão para Sanski Most, distante trinta quilômetros. Vão para a terra dos seus, para a Federação da Bósnia e Herzegovina.

Rizvanovići e também os vilarejos vizinhos, Bišćani, Rakovčani e Hambarine, sempre foram muçulmanos. Mas há alguns anos, Rizvanovići está sendo cercada por assentamentos exclusivamente sérvios. Também a Prijedor sérvia (antes de 1992, a maioria era muçulmana). Hoje, em todos os lugares ao redor, está a República Sérvia.

UMA VISÃO AGRADÁVEL

À noite, na casa de Kemila (34 anos):

— Os soldados tchecos estão estacionados não muito longe de nós. Logo depois do nosso retorno, eles andavam sempre por aqui, para que a gente se animasse. E agora também, eles tomam conta e trazem água.

Louros, altos, encorpados.

Eles nos dizem: Olá! E dizem que somos bonitas. As vizinhas talvez sejam. Elas se pintam, passam pó de arroz. Eu? Eu já vivi o amor.

Nossos filhos adolescentes ficam grudados nos soldados.

Eles nos oferecem doces. Vão fazer a instalação elétrica.

Eles gostam quando lhes preparamos *japrak*. A carne enrolada com folhas de parreira. Eles comem — uma visão agradável. Eles elogiam — dizem que é como na casa deles.

O comandante cuida para que eles não fiquem nas nossas casas até tarde. Eles são disciplinados, como costuma ser no exército. A gente empacota bolo para eles, para a viagem.

As vizinhas talvez contem com alguma coisa. Mas eles são substituídos a cada seis meses, precisam partir. Voltam para as suas namoradas tchecas.

Qual é a pessoa normal que vai querer ficar aqui? Quem vai gerar filhos?

Para quê?

A PRAIA

Sana — ao contrário de outros rios daqui — não é muito sujo. Nele não flutuam fogões a gás velhos, lavadoras de roupa, cabos, televisores, quadros de bicicletas, pneus de tratores e carcaças de automóveis. Às vezes, alguma garrafa, lata, nada de mais — dá para se banhar.

As mulheres muçulmanas tiram as calças, as blusas, os vestidos.

Abrem os óleos e o passam nas costas umas das outras.

Riem.

Entram na água, nadam. Saem para a margem, uma enxuga a outra.

Há homens na praia.

As mulheres se deitam no cobertor. Bebem, comem. Conversam sobre pimentões.

Voltam de noite. Uma delas se senta no trator. Outra liga a bomba, joga a água da piscina de concreto para a cisterna metálica no reboque.

O trator não dá a partida. Chamam o especialista de Prijedor.

O especialista acabou de sair da igreja ortodoxa, ele é educado, entra no carro, pergunta sobre os pimentões, conserta o trator.

As mulheres regam os pimentões, fecham as estufas. Lavam-se, deitam-se.

AQUELE MÊS DE JULHO

Na casa de Fadila (31 anos):

— É legal aqui, não é? O térreo está terminado, temos onde morar. Ter medo de quê? O que podem me fazer? Matar?

Eu nasci aqui, aqui vou viver. Os fedorentos de Prijedor gostando ou não.

Eu passava por Prijedor indo para o trabalho. Nós gostávamos dos cafés da cidade perto do rio. À noite assistíamos a shows de música lá, dançávamos, bebíamos coca-cola.

Isso não volta mais.

Eu trabalhava perto, em Keraterm, na fábrica de cerâmicas. Produzíamos espirais à prova de fogo, radiadores, vasos, cinzeiros, estatuetas.

Nossa gente extraía minérios das minas: em Ljubija, Tomašica e Omarska.

Primeiro nos despediram do trabalho. Tanto eu quanto meu marido, todos os muçulmanos. Desligaram aqui a nossa energia elétrica, fecharam a água. Ficávamos sentados nos porões, porque estavam atirando. Queriam que tivéssemos medo. Eu estava com medo.

Na cidade moravam muitos muçulmanos. Os sérvios os levaram para os campos de concentração. Mas acho que nós, naquele momento, ainda não sabíamos disso. Quem acreditaria numa coisa assim? Por fim anunciaram no rádio (tínhamos um rádio a pilha) que tínhamos que ficar em casa, porque eles iriam nos cadastrar.

Era 20 de julho de 1992, sete da manhã. De acordo com a instrução, pendiam bandeiras brancas das nossas janelas.

Aproximaram-se de todos os lados, vieram em veículos. Cercaram Rizvanovići e os vilarejos vizinhos. Tinham diversos uniformes: pretos, azul-marinho e camuflados. Sérvios.

De Prijedor vieram aqueles de azul-marinho. Tinham os rostos pintados de preto. Óculos escuros, facas, cassetetes, fuzis, toalhas brancas nos braços.

Iam de casa em casa. Até hoje ouço suas vozes.

Colegas da escola fundamental, do técnico, das cafeterias perto do rio. Eu iria até o Tribunal em Haia e falaria deles para os juízes internacionais. Mas quem quer me escutar? Quem vai arranjar tempo?

Algumas pessoas tiveram tempo de fugir. Também o meu marido foi. Correu para a floresta.

Eu não perco nenhuma exumação. Ele era alto, estava vestindo uma camisa azul e as calças verdes do trabalho. Assim eu o reconheço e posso dar adeus. Pois por quanto tempo é possível sentir saudade de um homem que você sabe que não vai voltar para você nunca mais? Aqueles que ficaram no vilarejo foram arrastados para fora das casas. Foram mortos nos quintais. Ou lá no cruzamento, no campo, na campina. Os adolescentes também.

As mulheres e as crianças foram proibidas de se aproximar das janelas.

Atiravam nas vidraças.

Limpavam as facas nas toalhas brancas, iam adiante.

Agora, junto com as batatas eu desencavo ossos. Será que isso é o meu marido? Será que é o meu irmão, que justamente tinha vindo da Alemanha de férias dois dias antes? Os ossos se projetam em todos os lugares, flutuam nos poços.

Arrastaram uma vizinha para o sótão. Eles a conheciam de Prijedor, ela trabalhava no restaurante de um muçulmano. Eles a violentaram, mataram e seguiram adiante.

Alguns que ainda estavam vivos, eles enfiaram nos caminhões. Partiram para o desconhecido. Hoje sabemos que para os campos da morte. Lá eles foram torturados. Talvez o meu marido também tenha padecido lá. Eu gostaria de saber como. O que fizeram com o corpo dele?

Eu conheço aquele corpo de cor, eu vou reconhecer.

Aquela noite, que eu não gostaria mais de lembrar, estava escura, fora do comum. Os sérvios atiraram em todas as luminárias. Estava quieto como num túmulo. Pegamos as crianças o mais rápido possível e fomos para outra casa. Algumas tropeçaram nos cadáveres dos maridos. Nós queríamos ficar juntas, num grupo. A tábua rangeu. O cachorro latiu. Estávamos com medo de nos mexer. A gente se lamentava tão baixinho que uma não ouvia a outra.

Veio o dia. Nós nos aproximamos das janelas. O que eu vi eu preciso esquecer.

Com um estrondo pegaram uma vizinha, duas delas.

Temos aqui uma mãe que foi estuprada por sete. E a filha dela, que tinha nove anos. E mataram seu filho. Estava ao lado do curral, ela o enterrou com suas próprias mãos. Querem conversar com ela?

Levavam o dinheiro, as joias, os televisores, as panelas.

Os tratores, as máquinas e as ferramentas dos estábulos. Nós éramos um vilarejo rico, em cada família alguém já tinha ido para o Ocidente.

Vieram o segundo dia, o terceiro e o quarto. Ficamos dentro das casas, com fome. Sujas, sem água. Um calor insuportável. As moscas pasciam-se dos corpos dos nossos maridos.

Não nos permitiam sair de casa, enterrar as vítimas. Os cadáveres fediam. E aquilo começou a incomodar até em Prijedor. Eles encontraram um vizinho, ele tinha oitenta anos. Mandaram que ele juntasse os corpos. Das estradas, das campinas. Ele mesmo os carregou para o caminhão. Os seus filhos, ele jogou por último na carroceria. Ele tinha dois, e dois ele jogou. Mandaram que se sentasse em cima dos filhos.

Partiram. Para onde?

O TRATORZINHO

Para o trabalho nas estufas, as donas de casa precisam ter ainda um arado de horta, uma semeadeira para as vagens e um tratorzinho leve, que possa andar no interior das estufas. O tratorzinho é particularmente necessário. Aqui, quem tem um assim é um sérvio, então às vezes o chamam. E isso sempre causa algum problema.

Um tratorzinho custa oito mil marcos alemães.

São necessários enxadas, pás, ancinhos, forcados, carretinhas e carrinhos de mão.

As mulheres querem ter mais estufas, para que mais delas possam trabalhar. Por enquanto há trabalho para 43. Cada uma recebe por mês 150 marcos (mais a pensão pelo marido morto na guerra — quase trezentos).

Aquelas que não acharam emprego (em número significativamente maior) têm um pouco mais de cem marcos de renda. Ou nada, se o marido era jovem demais e trabalhou por muito pouco tempo. Comem aquilo que dá para plantarem: milho, batata e berinjela.

Naquele verão, por fim, ordenaram também que as mulheres saíssem de suas casas. Ordenaram que fossem para a praça cercada de arame. Elas esperaram muitas horas no sol junto com as crianças. Os ônibus se aproximaram. Ordenaram que entrassem. Bateram nelas. Estavam sendo enviadas para os campos de concentração de Trnopolj ou de Keraterm (na fábrica de cerâmica). Ordenaram que elas descessem. Ficaram sentadas sem bebida ou comida, novas mulheres eram constantemente trazidas de todos os lugares. Ficou apertado. Ordenaram que entrassem nos ônibus, de novo foram espancadas.

Foram levadas para a frente de batalha e ordenaram-lhes que seguissem adiante. Elas foram morar em centros para refugiados, depois tomaram as casas vazias. Eram casas dos sérvios — aqueles que fugiram para os seus. Algumas tinham viajado para o exterior, principalmente para a Alemanha. Quando a paz foi assinada, em 1995, as mulheres bósnias foram convidadas a se retirar da Alemanha. Voltaram para seu país.

E os sérvios, conforme o acordo assinado em Dayton, estão voltando para o que é seu. Assim é como aparece nos papéis, porque nada mudou desde a época da guerra: eles voltam, em geral, não para morar, mas para vender a casa. As autoridades esvaziam as casas dos residentes ilegítimos (despejam-nos) e devolvem a propriedade aos donos.

As mulheres muçulmanas decidiram voltar para Rizvanovići, na República Sérvia. Não reconheceram o vilarejo, as propriedades estavam escondidas numa selva. Roçaram o mato. Chegaram até as paredes das casas, que já não serviam para nada. Moravam juntas num prédio público destruído.

Ou em tendas.

Solicitaram subsídios da União Europeia. A União dá de bom grado dinheiro para aqueles que estão voltando para suas terras. É assim que a Europa quer mascarar os efeitos das limpezas étnicas que foram realizadas aqui.

Receberam dinheiro para os materiais de construção. É preciso comprá-los e começar a construção no prazo de quarenta e cinco dias. Quem não começar precisa devolver o que recebeu.

Elas não tinham dinheiro para os operários.

Telefonaram para os seus familiares na Alemanha (França, Suécia, Áustria — em todos os lugares para onde um dia emigraram os moradores da Iugoslávia) e pediram que os homens viessem. Quem podia veio. De férias, com as esposas e as crianças.

Quem não podia mandou dinheiro. As mulheres foram para Prijedor e lá procuraram por operários.

Na cidade não há trabalho, então os pedreiros sérvios concordam, sem objeção, em construir as casas para as mulheres muçulmanas.

MULHER IDOSA

Na garagem da casa de Mersada (74 anos):
— Quem quer que tenha feito isso, que possa sentir o que sinto.

Você vê os filhos e os netos dos outros e chora.

Não tive filhas, apenas dois filhos. Não tenho marido, ninguém.

Já acharam um dos filhos para mim.

Para o enterro dele, a nora veio da Suécia. Disse que vai se casar. Minha neta vai ter um novo pai. Está certo.

Eu acordo às quatro da manhã. Não me levanto, para que me levantar?

No máximo, quando em Sanski Most mostram ossos recém-desenterrados, então eu vou.

Um filho seu sempre quer ajudar você. Um estranho nem vai olhar, não vai perguntar: você tem o que comer?

As pessoas mudaram depois da guerra. Não se visitam, não riem.

As mulheres idosas solitárias não recebem nenhum subsídio. A Europa não quer reconstruir as casas para nós. Não vamos gerar nenhum progresso.

Minha casinha está crescendo, uma mulher do exterior me ajudou. Uma vez ela me visitou, viu que eu morava numa garagem. Todos na Bósnia conhecem a dra. Ewa. Ela desenterra ossos aqui, identifica as pessoas. Ela achou um dos meus filhos, prometeu o segundo.

O POÇO

Primeiros dias de setembro. Uma confusão em Rizvanovići. Vai haver uma exumação (não é a primeira aqui e provavelmente não será a última). Quem vai exumar é a dra. Ewa Klonowski, antropóloga.

No poço há três corpos: dois homens e uma mulher. Quem são?

Provavelmente ninguém dali. Pode ser que sejam um padre católico de Prijedor e seus velhos pais. Croatas. As testemunhas relatam que os sérvios levaram-nos para fora da cidade três anos depois daquele verão — em 1995. Eles foram levados em direção a um enorme matagal verde nos subúrbios (isso antigamente, depois: Rizvanovići). Ninguém nunca mais tinha visto o padre. Agora vemos os ossos.

As mulheres vieram olhar. Mas algumas mães estão pensando em outra coisa.

Até agora seus filhos estudavam em escolas muçulmanas em Sanski Most ou em Lušci Palanka. Recentemente subiram o preço dos passes mensais e as mães não têm dinheiro para pagar o ônibus todo dia. Esses dias, pela primeira vez, as crianças de Rizvanovići foram para as escolas sérvias em Prijedor. Vão aprender o alfabeto cirílico. Como será que as professoras sérvias vão tratá-los? E seus coetâneos sérvios? Será que vão conversar uns com os outros? Sobre o quê?

Em Rizvanovići a exumação acabou, a equipe segue adiante. Para o vilarejo Ljubija, onde acharam uma vala comum numa mina de minérios a céu aberto. Um buraco imenso: 85 metros de profundidade, um mês de trabalho, 372 corpos. Com alguns — as carteiras de identidade.

Há homens de Rizvanovići também.

EWA NA CASA DE MEJRA

Quem esperaria por isso? Felicidade na casa da Mãe Mejra. As pessoas chegaram hoje de todos os lugares até ali para lhe fazer companhia. Um grande alívio, o fim do caminho. Talvez, finalmente, um sono tranquilo. Há enterro, orações e um túmulo. Dois túmulos. Mejra não permite que ninguém chore: — Só falta o Nebojša ver, temos que ser dignos.

Quisemos visitar Nebojša B. com a dra. Ewa Klonowski. Ele não mora longe. Mas Mãe Mejra também não permitiu isso: — Não precisa, ainda não é a hora.

Nebojša B., aquele que um dia tinha sido namorado de Edna, filha de Mãe Mejra, hoje é policial em Prijedor.

A guerra estourou, Nebojša se tornou investigador em Omarska, e Edna — uma prisioneira. Ele torturou Edna, violentou-a.

Em Omarska também viram Edvin, irmão de Edna. Ele foi torturado na frente da irmã.

Edna Dautović — nascida em 18 de março de 1969. Estudante de pedagogia.

Edvin Dautović — nascido em 13 de agosto de 1965. Eletricista.

Agora o imame (jovem, bonito, com óculos caros) se prepara para recitar o Yá Sin. É isso que o Corão preceitua aos nativos. As mulheres na cozinha preparam o cordeiro assado e a baclava — um doce com nozes e mel. Mejra retira do armário uma toalha de mesa pequena e, com um movimento enérgico, joga-a nos joelhos de Ewa: — As pernas! Cubra as pernas!

A inapropriada dra. Ewa! Como se não bastasse estar sentada junto com os homens (as mulheres estão no cômodo ao lado), ainda se vestiu com uma saia curta demais. Não está usando lenço na cabeça. E ainda por cima não para de falar. E o imame está olhando.

A dra. Ewa já desenterrou dois mil corpos na Bósnia. Retirou dos poços, arrastou da caverna, desenterrou do depósito de lixo ou de baixo de ossos de porcos.

Graças a Ewa, estamos hoje aqui sentados na casa de Mejra e escutamos o imame cantar o Yá Sin:

Restituirei a vida aos mortos, e seus assuntos e ações serão registrados no livro da verdade.

O LIVRO

Era a primavera de 1992. O início da guerra. Os muçulmanos de Prijedor — lá morava Mejra com o marido e os filhos — foram levados de suas casas (da rua, do trabalho, da loja) para os campos de concentração de Omarska, em Trnopolje ou em Keraterm. Ou direto para a floresta.

Há pouco tempo foi publicado o *Livro dos desaparecidos do município de Prijedor*, que contém mais de três mil sobrenomes organizados em ordem alfabética. Na maioria, homens. O livro é grosso e pesado. Numa única página tamanho A4 cabem apenas nove fotografias. Na página número 88, Edna e Edvin nos olham da fotografia. Ao lado, alguns sobrenomes: Ismet, Derviš, Sead, Ešef e Fikret. Eles não têm fotografias. Seus parentes próximos, com certeza, fugiram de casa com pressa e não levaram as fotografias. Depois, já não tinham por que voltar. Hoje em Prijedor está a República Sérvia da

Bósnia e Herzegovina, nas casas dos muçulmanos moram sérvios.

Os redatores do *Livro* tiveram então um problema. Quando lhes faltavam as fotografias, colocavam acima do nome do desaparecido um liriozinho — o emblema da Bósnia.

Muitas crianças que hoje têm oito, dez anos não conhecem o rosto de seus pais e irmãos mais velhos. São jovens demais para se lembrarem deles. Quando ficarem adultos, certamente esses rostos lhes farão falta. Não basta um liriozinho no *Livro dos desaparecidos*. Eles vão querer ver como eram o nariz, as bochechas, o queixo, o cabelo e a aparência. Vão querer avaliar se são pelo menos um pouco parecidos com eles. Vão vasculhar os arquivos das escolas, das repartições públicas, do exército e dos locais de trabalho. Vão perguntar nos jornais, na rádio e na televisão. Vão falar sobre o seu grande desejo: — Eu gostaria de saber como era o meu pai. Talvez alguém tenha uma foto junto com meu pai: na escola, no exército ou juntos nas férias em Dubrovnik. Talvez alguém telefone...

Talvez alguém tenha a fotografia de Ibrahim Ademović (1961), Mirsad Čehić (1973), Azmir Čelić (1971), Ajdin Dženanović (1983), Elvir Kararić (1976), Elvir Selomović (1975). Talvez alguém saiba onde eles estão. Suas famílias querem ter um túmulo.

— Talvez alguém saiba onde eles estão — era assim que Mãe Mejra perguntava pelos filhos na primavera.

QUEBRA-CABEÇA

O ônibus com a placa «Transporte escolar» partiu em 24 de julho de 1992, por volta das onze da noite, não se sabe para onde. No ônibus, cinquenta passageiros, alguns nomes são conhecidos. Entre eles, duas mulheres: Sadeta (miúda, uns quarenta anos) e Edna (jovem, apavorada). As colegas do barracão ajudaram Edna a entrar, ela mesma não tinha forças. Invejavam-na, porque iria ser trocada pelos prisioneiros do lado muçulmano, seria salva. Assim lhes disseram.

Aquele era o terceiro ônibus partindo de Omarska naquele dia. As pessoas dos dois primeiros foram encontradas em Hrastova Glavica. Estavam deitadas umas sobre as outras, um total de 120 corpos, somente homens.

A dra. Ewa os exumou em dezembro de 1998. A temperatura estava muito baixa (vinte graus negativos, às vezes pior), mas no fundo da caverna estava agradável (oito graus). Mais de uma semana de trabalho da manhã até a noite. Não foi tão simples assim contar as vítimas. Por causa do tempo que tinha passado (seis anos depois do assassinato) e por causa do fundo inclinado da caverna (seis metros por oito). Quando os músculos e as cartilagens dos mortos deixavam de existir, os ossos deslizavam para o fundo e se misturavam uns com os outros.

Dessa mistura de esqueletos, a dra. Ewa recompõe as pessoas; talvez ninguém mais na Bósnia consiga fazer isso tão bem. Levanta da cama ao amanhecer, come na correria e antes das oito está pronta para o trabalho. Trabalha até à noite, sem intervalo, sem almoço. Suspende as próximas exumações, porque precisa recompor aqueles que desencavou antes.

Normalmente ela começa pelos ossos do quadril. Às vezes (assim aconteceu em Hrastova Glavica), pelos ossos do pé, porque falta o resto. Tem conhecimento, experiência e paciência. Nunca desiste. Dá uma olhada numa centena de outros corpos desenterrados, coloca um osso ao lado do outro. Nada combina, passam-se as horas e os dias. Queixa-se, até fica reclamando, sua lombar dói muito, os olhos doem, mas continua procurando. Não pode haver nenhuma dúvida: — O *match* precisa ser perfeito — ela diz, e, como sempre, mistura o inglês com o bósnio e o polonês. Finalmente encontra os tálus, as tíbias, as fíbulas, os fêmures e a pelve correspondentes. Depois as vértebras: lombares, dorsais e cervicais. O crânio, às vezes, está em pedaços, então ela o cola. Finalmente os úmeros, as ulnas, os rádios, os ossos das mãos e dos dedos. Fim do quebra-cabeça. Um homem completo.

A dra. Ewa não acredita que Deus exista. Sabe que as famílias para as quais faz seu trabalho acreditam. Haverá o Julgamento Divino e a Ressurreição. — Eu preferiria — diz ela — que eles estivessem de pé diante desse Alá deles com suas próprias pernas e não com as pernas alheias. E que tivessem no pescoço o seu próprio crânio. Para que de alguma forma pareçam bem, quando se levantarem dos mortos.

FRATURAS

Para onde foi o terceiro ônibus que partiu de Omarska? Naquela primavera, não sabíamos.

Na primavera, no vilarejo de Lušci Palanka, a dra. Ewa conduziu a identificação de 73 corpos que ela tinha desenterrado de outra vala comum — em Kevljani. Na casa de cultura do vilarejo, na sala de teatro, em cima da terracota marrom, ela arrumou as roupas. Antes disso, ela tirou as roupas dos ossos e as lavou, para que recuperassem sua cor. Se os cabelos tivessem sido preservados, ela lavava os cabelos também.

Pelos jornais e pelo rádio, convocaram as famílias dos desaparecidos. Quando alguém reconhecia a roupa, a dra. Ewa mostrava-lhes os dentes, depois o esqueleto inteiro (se estivesse inteiro). E fazia perguntas: se o pai mancava, se o irmão ficava agachado, se o filho tinha uma operação no quadril etc. Se essa etapa da identificação também fosse bem-sucedida, ela colhia o sangue dos parentes mais próximos. Para o exame do DNA. A concordância do DNA do sangue com o DNA tirado do osso dá a certeza.

Entre as famílias que vieram para a identificação, estava uma amável senhora grisalha.

— Sou a Mãe Mejra — ela se apresentou para nós. — Venho aqui todas as quintas. Ajudo a dra. Ewa, consolo as famílias.

— É o Edvin — ela nos mostrou então uns trapos de roupa. — Meu filho. O sexo bate, e a idade e a altura, e também os dentes. Só que a dra. Ewa não está inteiramente certa disso. Ainda não examinaram o tal do nosso DNA. Eu tive o Edvin. — Ela se inclinou, ajeitou a perna da calça. — Eu também tive a Edna. Sei tudo o que aconteceu com a minha Edna. Quem bateu nela, quem a estuprou. Foi Nebojša, o namorado dela de antes da guerra. Só não sei para onde foi aquele ônibus. A roupa não está em lugar nenhum, nem os sapatos, nada.

Esqueleto KV 014: múltiplas fraturas das costelas dos dois lados, principalmente na frente e nas laterais, mas também atrás. Fratura do esterno. Duas vértebras fraturadas na parte alta do tronco. A escápula direita fraturada. Algumas fraturas — recentes (um dia ou, no máximo, dois antes da morte). As outras — formando o calo (de alguns dias ou semanas). Edvin?

Mãe Mejra, quando ficou sabendo de todos esses detalhes, mudou de opinião: esse não é o meu filho.

— Eu não podia acreditar — diz hoje.

Não assinou os documentos. De acordo com o procedimento: há a assinatura dos familiares — há o custoso exame de DNA.

Os corpos não reconhecidos (de 73 foram reconhecidos dez) foram enterrados em Kozarac, perto de Prijedor, na República Sérvia da Bósnia e Herzegovina. Assim foi decidido pelo tribunal do cantão. Antes disso, de cada esqueleto, a dra. Ewa cortou um pedaço de osso. Por via das dúvidas — se o exame de DNA viesse a ser necessário.

Ela colheu o sangue de Mejra e de seu marido Uzeir. Mesmo faltando a assinatura necessária, ela mandou suas amostras de sangue para o laboratório em Madri. Juntou um fragmento do osso KV 014.

Ocupou-se com outra coisa: outra exumação, próxima do vilarejo de Donji Dubovik.

A CAVERNA

Em maio deste ano, o Tribunal de Haia solicitou à Comissão Bósnia de Busca aos Desaparecidos a exumação na caverna Lisać, perto do vilarejo Donji Dubovik (República Sérvia, no noroeste da Bósnia). Nessa caverna, deveriam encontrar corpos. Assim a testemunha delatou ao Tribunal.

Os nomes das testemunhas permanecem secretos. Geralmente é um sérvio — ele recebe dinheiro pela sua informação, não se sabe quanto. Diz que viu (nunca vai dizer que participou) como e onde mataram, transportaram e jogaram num buraco na terra.

A testemunha determina o lugar, mas não toma parte na exumação. Tem medo. Muitas pessoas vêm chegando ao local: antropólogos (a dra. Ewa), médicos-legistas e técnicos em exames médicos; inspetores da polícia criminal, a polícia técnica, procuradores e juízes; investigadores do Tribunal de Haia; representantes da Comissão Bósnia de Busca aos Desaparecidos e representantes da Comissão Sérvia de Busca aos Desaparecidos (entre eles há assassinos, todos sabem disso); ativistas de algumas organizações não governamentais americanas (não muito bem informados sobre o que aconteceu aqui), tradutores, espeleólogos (quando não há espeleólogos, quem desce para fazer o reconhecimento da caverna é Ewa — no cabo de reboque), eletricistas, operadores de escavadeira e os operários dos piores serviços. Ainda os sapadores, porque a caverna pode conter minas. Nem sempre chegam na hora, então Ewa desce assim mesmo. Há ainda os soldados das forças internacionais (*Stability Forces*), que protegem o comboio e emprestam a Ewa o cabo, quando o cabo do carro dela é curto demais. Ewa trabalha no fundo com a ajuda de um patologista e alguns operários; o resto permanece lá em cima. Deitam-se na sombra e esperam o fim do dia. Próximo ao vilarejo de Donji Dubovik, a testemunha colocou um maço de cigarros entre os campos, no lugar que deveriam escavar.

Em volta, depressões e crateras.

Nos primeiros dias de junho (canícula!), o comboio partiu para a exumação. No campo foi achado o maço de cigarros. A escavadeira se movimentava. Todos os arbustos em volta foram cortados (acabou a sombra), as quatro crateras mais próximas foram escavadas. Introduziram as sondas. Nada. A equipe foi embora.

Os investigadores do Tribunal falaram com a testemunha mais uma vez. A testemunha jurou que vai colocar os cigarros mais uma vez.

Possivelmente faria isso de noite. De novo o comboio, de novo a caixinha de cigarros, de novo aquele mesmo lugar.

Uma pessoa da equipe — um irlandês entediado — foi dar uma volta. E, mais adiante, topou com uma caverna coberta por uma pedra enorme.

O espeleólogo desceu no cabo, voltou. Disse que a caverna tinha vinte metros de profundidade, a forma de uma chaminé e que era linda: tem paredes de um bege cor de mel, cheio de estalagmites. No fundo, tem roupas, cobertores e ossos humanos. Ele trouxe um crânio como prova de que eram ossos humanos. Eram muitos esqueletos, e Ewa depois teve problema para saber a que ossada o crânio pertencia.

Penduraram escadas de corda. Dois dias depois, de metal. Melhor, porque eram rígidas. — Confortáveis — diz Ewa (certa vez, seu marido estava sentado na poltrona em casa, na Islândia, e, no canal de televisão CNN, viu sua mulher descendo na caverna com as costas voltadas para a escada. Telefonou-lhe e advertiu-a energicamente).

Agora, na caverna Lisać, ela desceu com o rosto voltado para a escada. Junto com ela, um médico patologista. Não conseguiram pendurar uma plataforma de madeira; alguém esqueceu os pinos de fixação. Ficaram em pé em cima dos ossos (isso não é bom — Ewa é famosa na equipe pelo respeito por cada ossículo). O fundo: cinco metros por um metro e meio — largo demais para se apoiar com as pernas nas paredes.

Os eletricistas iluminaram a caverna: — Realmente maravilhosa — diz Ewa. Mentira — aqui pinga água no rosto, é escorregadio e frio. Correm ratos, aranhas e outros bichos.

Ela dividiu o fundo em setores: A, B, C, D, E, F. Fez os primeiros esboços.

Os corpos uns sobre os outros, incompletos, dobrados, torcidos ou enrolados como *pretzels*. Voaram vinte metros até o fundo, batendo nas paredes da chaminé (estalagmites, estalactites). O fundo era ainda pior do que em Hrastova Glavica. Também inclinado, mas dos dois lados. Um cone. — Os crânios rolaram como bolas para a parede — diz Ewa.

A caverna era como uma caixa que alguém sacudiu. Tudo o que estava dentro se espalhou. Os cobertores estavam por cima. A execução se deu provavelmente na vizinha Donji Dubovik (as testemunhas relatam que ao lado da igreja ortodoxa). Os mortos possivelmente foram transportados em carroças, de outro modo não dá para chegar aqui. Bem perto da caverna, não haveria jeito nem com a carroça, então, com certeza, colocaram os corpos nos cobertores e carregaram para a caverna. Os mesmos cobertores foram usados várias vezes. Jogaram-nos no fundo, junto com os últimos cadáveres.

A equipe da exumação montou o sistema de cabos para o transporte dos corpos.

No primeiro dia, a dra. Ewa — do lugar onde estava — retirou nove corpos. Somente homens — o sexo, a doutora consegue determinar imediatamente. Embalou cada um deles num saco plástico (*body bag*). E para cima.

E, em cima, Mãe Mejra. Embora more longe (três horas de viagem), trouxe almoço para Ewa. Carne assada e salada. Também outros se serviram.

Finalmente penduraram a plataforma bem pertinho, acima dos ossos. A dra. Ewa podia se ajoelhar nas tábuas.

Segundo dia — dezesseis corpos. Número 25 — osso da bacia feminino. Saia, meia-calça e um suéter vermelho. Característico, porque era abotoado no ombro. E um cordão de pérolas. Imediatamente trouxeram aqueles que poderiam esclarecer alguma coisa.

— É Sadeta — disseram as antigas prisioneiras de Omarska. — Era assim que ela estava vestida quando entrou no ônibus. Sadeta Medziunjanin, mãe de Enes e Haris, professora de história.

As prisioneiras começaram a chorar.

A dra. Ewa não diz a Mejra nenhuma palavra sobre o que ela provavelmente já sabe.

No domingo (quando a equipe não trabalha),

junto com o jovem patologista, ela lavou numa banheirinha de bebê as roupas desenterradas.

Ela encontrou o segundo cadáver feminino na segunda-feira (26 de junho). Setor E, número 42, perto do fundo. Uma mulher — uma das primeiras a serem jogadas. Era bem mais nova que Sadeta, o que Ewa logo determinou. Embalou-a no *body bag*.

Mejra não estava esperando lá em cima. Teve um desmaio de manhã cedo, levaram-na rapidamente de casa para o hospital. Ainda teve tempo de dar instruções para o marido levar o almoço para Ewa. — Eu estava comendo — diz Ewa — e olhava para Uzeir. Para Mejra eu talvez pudesse dizer...

Uzeir: um dia tinha sido o cabeça da família, o dono de uma firma de construção. Agora, um velhinho enrugado (nascido em 1939). Depois daquilo tudo, já teve dois derrames. Passa os dias inteiros calado, e quando diz algo — treme todo: um algoz invisível o chuta ou ele se torna um algoz e tortura uma vítima invisível. Não gosta de companhia.

— Para ele — diz Ewa — não tive coragem de dizer que o ônibus estava ali, que Edna estava ali.

O BRINQUEDO

Provavelmente, como outros passageiros, primeiro balearam Edna na pelve. Por precaução. Já tinha acontecido de as pessoas fugirem por sob as balas. Depois atiraram no peito.

Isso a dra. Ewa leu nos ossos. Ela fala sobre isso com impassibilidade: — Você tem emoções, tem noites maldormidas. Eu também durmo bem mal aqui. Acordo às três da manhã e vejo crânios esburacados. Fuzilaram um cara. O primeiro, o segundo, o quinquagésimo. Compreendo. Mas como é possível cinquenta homens irem docilmente para a morte? Por que não fazem nada? Não se salvam? Alguns assassinos mandam que eles desçam. Ficam docilmente em pé junto à parede.

Ela preferia não fazer nenhuma pergunta: — Isso me arrasa, me desmobiliza. Minha função é juntar os ossos. Assim eu posso ajudar. Eu não sirvo para a guerra.

Na Comissão Bósnia de Busca aos Desaparecidos, as pessoas se lembram de quando a dra. Ewa realizou uma exumação perto de Prijedor: — Eu estava cavado, sabendo que ia encontrar crianças. Para mim é tudo a mesma coisa, se vou desenterrar uma criança ou um idoso. Ossos são ossos. Só tem uma diferença, as crianças têm mais ossos pequeninos, eles são menos duráveis. E aí encontrei os tais ossinhos que esperava. E também um brinquedo ao lado — um boneco do Superman. Era preciso colocá-lo no saco plástico. Não conseguia. Eu ficava segurando o boneco na mão; ao meu lado, o pai do menino. Eu senti que não ia mais dar conta. Ia começar a chorar. E explicava para mim mesma: Ewa, alguém precisa fazer esse serviço. Ossos são ossos. Isso é um brinquedo encontrado junto aos ossos. Você precisa colocar dentro do saco plástico e se ocupar do próximo corpo.

O PAVILHÃO

Existem momentos que alegram a dra. Ewa.

Por exemplo, a notícia de Madri: o DNA do osso KV 014 é do filho de Mejra e Uzier Dautović.

E a notícia seguinte: o DNA do osso número 042 (caverna Lisać) é da filha de Mejra e Uzeir Dautović.

Esse é o sentido do trabalho da dra. Ewa. O sentido de sua missão de vida, como assegura seu marido, que vem aqui de férias no verão. Ewa, então, o leva para o trabalho: *vacations on exhumations*. Sua missão não tem fim: pelo menos dez mil pessoas ainda esperam para serem descobertas e exumadas. Algumas dezenas de milhares exigem identificação. Onde não existe uma dra. Ewa, ninguém em especial se preocupa se o crânio bate com a coluna. Desenterram cinco corpos misturados; é preciso dividi-los grosseiramente em cinco sacos e enterrá-los em cinco caixões.

Se fossem rearranjar os ossos de todos os desenterrados com tantos escrúpulos como faz a dra. Ewa, seria necessário o trabalho de alguns antropólogos durante cem anos.

Apesar de outros especialistas daqui serem mais rápidos e menos precisos, as exumações ainda assim transcorrem lentamente.

O trabalho é financiado pela Comissão Internacional de Busca aos Desaparecidos (criada nos Estados Unidos especialmente para a ex-Iugoslávia). Na Bósnia não vale a pena para ninguém exumar rapidamente: — Deus nos livre! — diz Ewa. — Os altos salários, as carreiras, as viagens para conferências internacionais acabariam. É preciso cavar sem pressa. Tem que durar anos, até a aposentadoria. E as mães e viúvas? *Who cares*? Quem se importa com elas? *Nobody cares* que eu *care*. Isso me dói, embora não seja o meu país nem a minha gente. Eu sou completamente idiota. Mas acho que gente assim também tem o direito de viver, certo?

Neste outono, Ewa tem trabalhado principalmente nos subúrbios de Sanski Most (há uma semana está hospedada num hotel, o apartamento em Sarajevo está vazio). No terreno deserto pode-se ver um enorme pavilhão. Antes foi um depósito de materiais de construção; hoje, um depósito de ossos humanos. E daquilo que foi encontrado junto aos ossos.

O pavilhão é arejado — nenhum cheiro. Duas centenas de *body bags* de plástico estão no chão, também aqueles da caverna Lisać. Junto com os ossos — roupas, isqueiros, carteiras, fotos do aniversário na casa da tia, elásticos.

Os visitantes (das redondezas, de Sarajevo, de Zagreb, de Viena, de Hamburgo, de Nova York) vêm e olham. Param em frente a algum dos corpos, andam de novo, conversam com a dra. Ewa (às vezes, Ewa lhes segura pelo braço), balançam a cabeça, rezam, choram, alguns desmaiam — então Ewa chama a ambulância.

Às vezes, chega ao pavilhão algum jornalista de Sarajevo e pergunta a Ewa por que ela faz aquilo. — Não sei — diz, com um sorriso. — Alguma coisa me impele. *Need to do something good.* Como se eu quisesse, sozinha, consertar as maldades cometidas por outros. Tenho uma profissão rara que é necessária aqui neste momento. Preciso estar aqui.

Recentemente, num encontro dos membros da Academia Americana de Ciências Forenses, um conhecido francês perguntou a Ewa sobre o mesmo assunto. Ela sussurrou em seu ouvido: — Eu faço isso porque enlouqueci. *I'm crazy*.

Ele olhou para ela completamente sério: — Foi o que pensei.

O pavilhão. Não importa o que aconteça aqui — acontece em silêncio, com sussurros. Ewa também fala a meia-voz quando lhe perguntam sobre a motivação: — Não estou fazendo carreira, para a carreira já estou muito velha. Agora me pagam, mas houve meses em Sarajevo em que contava os trocados para o pãozinho, porque não me deram o subsídio. Trabalhava de graça e posso continuar trabalhando assim.

Mãe Mejra chega ao pavilhão. Conhece perfeitamente aquele lugar. Não foi nem uma nem duas vezes que segurou o braço de alguma mãe e a ajudou a examinar corpo após corpo. Agora ela veio para ver sua filha (já sabe da boa notícia de Madri). Primeiro abraçou Ewa. Depois pegou nas mãos o crânio de Edna: — Como é bom saber — ela disse. — E Edvin? Como vou desenterrá-lo? Preciso enterrá-lo ao lado de Edna, juntos.

— Escreva para o chefe de polícia — aconselhou Ewa.

Desde maio, Edvin repousava em Kozarac: desconhecido entre outros desconhecidos (sétima fila, plaquinha KV 014). As formalidades duraram dois meses. Finalmente, quando já tinham todos os papéis, Mãe Mejra arranjou uma Kombi e foi para Kozarac (terreno da República Sérvia da Bósnia e Herzegovina). Lá, a polícia sérvia e os funcionários sérvios se juntaram a ela. Os operários — também sérvios —, Mejra tinha conhecido na construção de uma casa. Ela trouxe Edvin para o pavilhão em Sanski Most e o entregou aos cuidados de Ewa. Ela marcou a data do sepultamento: 6 de outubro de 2000, uma sexta-feira.

Estamos diante do pavilhão de Sanski Most (duzentos metros de comprimento por trinta de largura). É uma manhã fria de outono, está nublado. Mejra despeja o café quente da garrafa térmica, serve os presentes, cumprimenta os parentes mais distantes. — Não pode chorar — ela repreende uma jovem mulher. — Só falta o Nebojša ver.

Mejra acredita que Nebojša estará diante do Tribunal de Haia e que vai responder pelo que fez em Omarska oito anos atrás. De acordo com Mejra, Deus já o puniu por Edna: — Ele tem uma esposa — diz — mas não tem descendentes. Esse é o pior castigo de todos.

No fundo do pavilhão — a dra. Ewa. Ela cumprimentou Mejra uma hora atrás e foi trabalhar. Ela raramente tem um momento de pausa (para descansar, para caminhar, para um café na cafeteria, para uma viagem até o mar). Nós a estamos vendo bem: está em pé entre os sacos brancos igualmente postos no chão. Segura um osso na mão e fica pensando a quem ele pode pertencer. Alguém chama Ewa para a segunda fileira, quinto corpo à direita. Ewa se aproxima, está sempre à disposição das famílias. É Enes que quer conversar com ela — filho de Sadeta, assassinada junto com Edna.

O FILHO DE SADETA

— Não foram pérolas — diz Enes sobre o que acharam junto à sua mãe. — Eram pedras brancas de Ocrida, melhor dizendo, acinzentadas. Mamãe ganhou-as do pai dela. Ela não usava ouro, não gostava.

Sadeta Medziunjanin, professora de história de Prijedor, está deitada agora na segunda fileira do lado esquerdo. Possivelmente o filho, em breve, vai organizar o sepultamento. Antes, ele queria encontrar o irmão mais novo, Haris. Ele espera encontrá-lo aqui. Oito anos atrás, foi com o irmão pela floresta. Junto com outras pessoas, tentaram passar de Prijedor para a Croácia. Sem sucesso: caíram numa emboscada, sob tiroteio. Saíram correndo em frente, rápido como era possível pela floresta. A maioria sobreviveu, mas Haris não.

Haris Medziunjanin – nascido em 1970. Ficou lá em algum lugar no mato. Recentemente a dra. Ewa havia se embrenhado naqueles matagais, estava coletando ossos. Eles foram trazidos aqui para o pavilhão.

Talvez Haris esteja também aqui no pavilhão: ele espera, até que seu irmão o reconheça.

Então, primeiro morreu Haris: baleado enquanto ia pela floresta para a Croácia. Enes conseguiu chegar a Omarska. Junto com a mãe e o pai.

Os pais eram da *intelligentsia*, então em Omarska, eles pertenciam à chamada primeira categoria. Enes também, porque era universitário.

A primeira categoria: a *intelligentsia* muçulmana, os ricos e aqueles que tinham participado nas lutas contra os exércitos sérvios (então, também Edna e Edvin Dautović, os filhos de Mejra).

Os guardas tinham uma lista.

Primeira categoria — para matar em primeiro lugar.

Antes de tudo, os prisioneiros eram espancados. Não só os guardas e os oficiais investigadores batiam, mas também pessoas comuns das redondezas. No terreno do campo de concentração, qualquer um podia entrar, desde que fosse sérvio. Podia pegar na mão algo pesado (uma barra, alguma coisa de metal, uma pá), podia escolher um prisioneiro muçulmano e bater.

Pessoas comuns das redondezas (Lavradores? Artesãos? Operários?) tiravam proveito dessa possibilidade e depois voltavam para casa.

O pai de Enes tinha tudo praticamente quebrado. Morreu nos braços do filho. No quinto dia depois da prisão. Os ossos não foram achados até hoje.

Naquela noite, antes que o ônibus com Edna e Sadeta tivesse saído de Omarska, Enes foi até o hangar vizinho pegar um cigarro com um parente distante. Então, um guarda entrou no seu barracão (ele se chamava Cigo) e leu alto o sobrenome Medziunjanin. Encheram um ônibus inteiro para a troca de prisioneiros (entre eles, Edna e Sadeta), mas ainda havia quatro lugares livres. Então chamaram Enes. Um dos prisioneiros correu procurando por ele.

Enes decidiu que ia ficar mais um pouco fumando o cigarro com o parente.

É provável que os guardas não tivessem tempo para procurá-lo. Tinham pressa, não se sabe por quê. O motorista já estava aquecendo o motor. Chamaram o próximo da lista.

Enes gostaria de saber quem. Quem foi no lugar dele?

Depois de alguns dias, os guardas leram uma nova lista. Os papéis estavam bagunçados, eles não tinham certeza de quem já tinha sido transportado e de quem tinha ficado.

Então, mais uma vez: — Enes Medziunjanin!

— Estou aqui — ele respondeu.

— Você ainda está vivo? — o guarda não escondia a sua surpresa. Os prisioneiros compreenderam que as pessoas não eram levadas para serem trocadas, mas para serem mortas.

Enes compreendeu o que tinha acontecido com sua mãe. E que mais nenhuma pessoa de sua família estava viva.

Era 6 de agosto de 1992. O campo de Omarska foi fechado, depois que jornalistas estrangeiros o descobriram. As fotos dos esqueletos vivos atrás do arame farpado percorreram o mundo todo.

Ordenaram aos esqueletos que entrassem no ônibus.

Enes se sentou em algum lugar nos fundos. Partiram.

Estacionaram na frente de outro campo, em Manjača. Os guardas não ordenaram que saíssem. Estavam bebendo.

Primeiro chamaram um tal de Krak, depois um Ded — homens da primeira categoria. Ao lado do ônibus, cortaram-lhes as gargantas, todos viram pela vidraça.

Chamaram: — Medziunjanin!

Ele não se apresentou.

Então foram pela ordem. Cada vez mais bêbados. Conseguiram matar dezessete homens antes que lhes faltassem as forças.

Amanheceu. Os sobreviventes foram enxotados para a praça e, junto com outros prisioneiros, colocados em grupos de seis. Chegaram outros guardas, outra troca no campo em Manjača. Foram empurrando-os para o estábulo ao lado do campo. Mandaram que se despissem. Contavam encontrar nas roupas (melhor, nos trapos) alguma coisa de valor, dinheiro. Então Enes viu de novo os guardas de Omarska. Eles vinham em sua direção. Ele viu o portão. Escondeu-se atrás dele. Alguém fechou o portão.

— Acho que foi o próprio Alá que fez isso — diz hoje.

Era o portão do campo. Os guardas de Omarska viam Enes correndo para dentro. Eles queriam entrar atrás dele, mas não deixaram. O comandante dali obedecia às convenções internacionais que diziam que ninguém armado, que vinha de fora, tinha o direito de entrar no campo de prisioneiros.

Era um campo de concentração, não um campo de prisioneiros.

Enes se escondeu num barracão, saía apenas para comer e voltava rápido. Isso por quase um mês. Até que de novo ouviu: — Medziunjanin!

Dessa vez eles estavam querendo o pai. O lado muçulmano tinha dado o nome dele — queriam-no (e algumas dezenas de outros) em troca de prisioneiros sérvios.

— Não tem o pai, vai você — disseram os guardas.

Enes não queria ir, não acreditava na troca. Eles iriam matá-lo, como mataram sua mãe.

— Se os seus concordarem de pegar você em vez do seu pai, então você vai — disseram. — Senão, você vai voltar.

Nunca mais vou voltar aqui, pensou, vão me matar na floresta. Entrou no ônibus. Saíram na estrada principal de Banja Luka — Jajce.

Iam devagar.

Viraram numa estrada de terra, num caminho. Voltaram para a estrada principal. Seguiram. Pararam no meio da estrada. Mandaram que eles descessem.

Algumas centenas de metros adiante, outras pessoas estavam paradas.

De lá algumas se aproximaram. Sorrindo, brincando.

— Como se não soubessem o que estava acontecendo ali — diz Enes. — Como se um lado estivesse trazendo pimentões para a feira e o outro, tomates.

O chefe daqueles que se aproximaram — um muçulmano — olhou para os prisioneiros.

— O que vocês fizeram com eles? — perguntou aos guardas sérvios. — Quanto eles estão pesando? Uns trinta quilos? Eu vou entregar os seus, cada um pesando cem quilos. Por um deles, vocês deveriam me dar três.

Boa piada, todos riram.

O muçulmano foi até Enes.

— Onde está seu pai?

— Morreu nos meus braços — respondeu, o mais baixo possível. — Massacraram ele, espancaram.

— Esses *tchetniks* mataram o seu pai? — o homem repetiu, em voz alta. — Venha com a gente.

Começou a se mover no asfalto em direção aos seus. Queria correr, mas não podia andar. As pernas — umas pedras, um passo era um quilômetro, um segundo, como um século. Então foi devagar, em frente, como dava, sem olhar atrás de si.

Agora — com a ajuda da dra. Ewa — vai reconhecer os ossos do irmão.

Vai ter enterro, orações, um túmulo. Dois túmulos. Pois a mãe também: Sadeta, encontrada com Edna — filha de Mejra.

A PRIMEIRA TAMPA, A SEGUNDA

Agora nós também entramos no pavilhão. Mejra guia os enlutados por entre as paredes, direto para a porta do lado esquerdo. Numa pequena salinha, repousam, lado a lado na terracota limpa, dois esqueletos: os filhos de Mejra.

— Foi Ewa que ontem os arrumou aqui assim tão bonito — diz Mejra. — Ewa querida.

Uzeir também está aqui. Não diz nada.

Trouxeram dois caixões brancos. Lençóis brancos. A primeira tampa, a segunda. O cortejo sai agora pelo pavilhão e se dirige para Bosanski Petrovac (a cinquenta quilômetros dali). Mejra agora mora ali com Uzeir, não na sua própria casa, mas na casa que foi de um sérvio. — Nossa Mãe Mejra achou seus filhos! — ontem ainda as pessoas repetiam lá essa boa novidade. Agora vieram se reunir em grande número diante da mesquita para ver os caixões. Alguns (não todos) entram no templo para cantar o Yá Sin.

O cemitério é em Bihać (ainda cinquenta quilômetros). Mais pessoas se agrupam: são antigas vizinhas de Prijedor (elas gostariam também de saber qualquer coisa sobre os seus parentes, como Mejra), colegas de Edna da universidade (jovens, bonitas), mães de filhos desaparecidos de Bratunac e Srebrenica (elas também gostariam de poder organizar um enterro, como Mejra), e também a dra. Ewa está aqui.

Junto ao túmulo, o imame pede a Alá que aceite os mortos em seu reino. Uma jovem se aproxima do microfone. Fala com coragem, com energia: — Nossa querida Edna! É difícil encontrar palavras que expressem nossa dor. A notícia de que acharam o seu corpo reavivou em nós lembranças cruéis de Omarska, Trnopolje e Keraterm. Para nós que lá estivemos não há um instante de esquecimento. Não há alívio. Lutaremos para castigar aqueles que a obrigaram a ir para o lar eterno tão jovem e de modo tão cruel.

Há enterro, orações e um túmulo. Dois túmulos. — Um grande alívio — diz Mejra. — Convido para irem à minha casa.

Mãe Mejra é um modelo. Assim diz o imame. Ela confiava em Alá, então ele lhe deu perseverança no sofrimento. Sabe que para ela foram designados o nascimento dos filhos, sua morte e o enterro de hoje. Não põe a culpa em Deus, não se rebela, não blasfema. É muito difícil entender que um homem possa fazer tanto mal a outro homem. As pessoas perguntam ao imame: por que Deus permite isso? Por que então ele nos abandonou? É bom que perguntem, pensa o imame. Antes, nessas terras, as pessoas não se lembravam de Deus. Elas não precisavam dele para nada. Agora sentimos ódio dos nossos vizinhos sérvios.

O Corão ensina que isso não é permitido. Que é preciso perdoar. Isso vai ser difícil. Agora precisamos de Deus mais do que em qualquer outra época. Somente Deus pode nos auxiliar a vencer o nosso ódio. Mas também o medo de que não seja o fim, de que a morte nas mãos de nossos vizinhos ainda volte para nós. Somente Deus pode nos salvar diante dela e aqui dirigir todos para o perdão. Assim como dirige Mãe Mejra.

Agora — na sala da casa de Mejra e Uzeir — o imame se prepara para celebrar o Yá Sin. É isso que o

Corão preceitua aos nativos. Ele vai cantar em árabe. Mejra retira do armário uma toalha de mesa pequena e, com um movimento enérgico, joga-a nos joelhos de Ewa: — As pernas! Cubra as pernas!

O homem sabe que é feito de barro,
no entanto, insistentemente se rebela.
Apresenta diversas razões
e, recordando-se de seu início,
clama: Quem consegue revivificar ossos
                              [apodrecidos?
Diga a eles que Ele, aquele que criou,
é Ele quem consegue revivificar;
ele conhece a estrutura de toda a criação.
Ele tudo pode, porque é um Criador Sábio.
Quando quer que algo aconteça,
diz: Faça-se, e se faz.
Glória Àquele que em sua mão retém
o governo do mundo inteiro!
Todas as pessoas estarão diante dele!

Mãe Mejra chora, tem os olhos fechados. As mulheres trazem da cozinha o cordeiro assado, a alface e depois a baclava — um doce com nozes e mel.

Escurece. Ewa já está no carro (vai para Sarajevo), já está falando com alguém pelo celular. Fala sobre ossos, desliga. Telefona de novo, sorri para a filha, que está comemorando seus dezoito anos em Reiquiavique. Felicita-a. Embora esteja chovendo, dirige rápido, corta as curvas. De novo alguém telefona. — Estou aliviada, Ewa — diz Mejra. — Dirija com cuidado.

2000-2002

A TERRA

De manhã, parecia que tudo seria diferente de antes. Antes o sol queimava sem piedade, e hoje está frio e desde cedo chove a cântaros. Os carros (e também centenas de ônibus) se aglomeram numa longa coluna. Os policiais sérvios — dispostos a cada cem metros ao longo da estrada — vestiram pelerines negras e tomam conta para que nada aconteça àqueles que vão para Potočari.

Viemos aqui para um grande sepultamento. Já não chove. Hoje — 11 de julho de 1995 — mais de vinte mil pessoas de Srebrenica procuraram ajuda dos soldados holandeses da ONU. Vieram da cidadezinha vizinha que vinha se defendendo bravamente durante três anos, mas que naquele dia caiu: os sérvios romperam o cerco e entraram em meio às casas.

E hoje, em Potočari, somos quase vinte mil. O sol está nascendo.

Naquela ocasião, os holandeses não ajudaram

os moradores de Srebrenica. Logo os sérvios vieram atrás deles em Potočari, cercaram a região, entraram no meio dos apavorados, levaram os homens, empurraram para longe as mulheres. As mulheres choravam, as crianças se escondiam em seus braços.

Hoje, algumas dessas crianças já são adultos. Vieram junto com as mães de Sarajevo, Tuzla, Mostar, Viena, Frankfurt, Estocolmo, Nova York. Têm calças jeans largas, bons sapatos, cabelos com gel e câmeras digitais nas mãos (vão filmar o sofrimento de hoje das mães). Naquela ocasião — exatamente oito anos atrás — durante muitas horas sem beber e sem banheiro, estavam esperando no sol forte, sem certeza do que ia acontecer depois. Também agora está cada vez mais quente, há cada vez mais gente, cada vez mais apertado.

O Reisul-ulema, o mais eminente sacerdote dos muçulmanos locais, convoca Alá. Sem Deus será difícil aguentar aqui hoje.

Por fim, mandam que as mulheres e as crianças entrem nos ônibus ou nos caminhões (isso aconteceu aqui, perto dessas árvores). Elas foram levadas — atravessando Bratunac, Kravica e Vlasenica — até antes da linha da frente de batalha. Obrigaram-nas a ir para os seus compatriotas. Mas os meninos adolescentes (mais altos do que um metro e meio) ficaram detidos em Potočari, e também seus irmãos mais velhos, seus pais e avôs. Também eles estão aqui entre nós. Voltaram. Pelo menos alguns: 282, cada um com seu nome e sobrenome, em caixões.

O mais novo então catorze anos.

O cemitério (um retângulo de um quilômetro de comprimento por trezentos metros de largura) foi construído junto à estrada asfaltada, naquele campo onde os homens muçulmanos estavam esperando pela morte. Junto a essa estrada pela qual, por décadas, tanto as vítimas quanto os algozes iam para as escolas, os locais de trabalho, as danceterias das cidadezinhas vizinhas. Recentemente foi construída aqui uma cerca alta com um amplo portão, foi construída uma mesquita (um telhado leve apoiado em pilares, sem paredes), as quadras foram delimitadas, as aleias dispostas, a grama plantada. Mas só cavaram algumas centenas de covas, na parte norte do cemitério. A maior parte da grama espera intocada. E as pessoas que estão sentadas nela agora esperam pela identificação dos corpos de seus familiares. Olham com inveja para aqueles que já têm seus túmulos.

Naqueles dias, os sérvios assassinaram aqui pelo menos sete mil homens; até hoje continuam as exumações das valas comuns nas redondezas. As identificações só ganharam fôlego recentemente, quando foram abertos laboratórios para testes de DNA na Bósnia. Vários milhares de corpos já desenterrados ainda aguardam reconhecimento. Haverá mais funerais em Potočari. No lado norte do cemitério, 282 túmulos estão abertos; ao lado de cada um: uma plaquinha verde com o nome da vítima, um pequeno caixão sem tampa (os restos, de acordo com a tradição, são colocados em cima de tábuas e cobertos com um pano verde), um monte de terra, e, nele, mais tábuas (para que a terra não se derrame sobre o pano), sete pás, que logo serão necessárias. O sol está queimando.

O imame chama todos os que estão diante da mesquita para a parte sul do cemitério. Ele permite que — excepcionalmente hoje — as mulheres adorem Alá junto com os homens. Aquelas que perderam aqui seus filhos, maridos e pais. Aquelas que até então tinham a cabeça descoberta amarram os lenços. O Reisul-ulema convoca os fiéis a trocarem o desejo de vingança pela reconciliação.

Convoca a Europa para cuidar da verdade e da justiça. Convoca o mundo para que nunca mais, em nenhum lugar e com ninguém aconteça de novo outra Srebrenica.

Por fim, convoca os enlutados, que voltem para junto dos túmulos e enterrem seus mortos.

Eles seguem pelo lado norte.

Rapidamente, como se quisessem que tudo acabasse logo. A canícula se intensifica, não há sombra em lugar algum.

As mulheres tocam os caixões, acariciam-nos, beijam, abraçam. Recebem seus homens aqui, de onde lhes foram tomados.

A multidão se aperta, os túmulos estão bem próximos uns dos outros. Os homens colocam os caixões nos túmulos, mas nem todas as mulheres querem concordar com isso. Uma delas grita, a mãe de um rapaz de dezoito anos não quer se separar do filho. Os homens arrancam dela o caixão, as parentas abraçam-na, jogam água no seu rosto. As pás se movimentam.

Os policiais sérvios olham aquilo por detrás da cerca. Cuidam para que nada de mal aconteça em terra sérvia aos enlutados muçulmanos. Não foi uma ou duas vezes que aqui jogaram pedras nos ônibus com mulheres muçulmanas. Mas hoje há paz. Ninguém quer causar mal a ninguém. Os sérvios locais têm os seus negócios: trazem lenha da floresta para o inverno, fazem a colheita, preparam alguma coisa nas cozinhas.

Seria bom fugir daqui. Há alguns minutos a terra golpeia as tábuas. Sete pás em cada um dos 282 túmulos. Batimentos surdos, multiplicados, cada vez mais audíveis. Um lamento cada vez mais difícil de suportar para aqueles que ainda conseguem de alguma forma se segurar. Apoiam-se mutuamente. Já choram também os homens: aqueles que têm mais de vinte anos estão vivos sem saber por quê. Provavelmente emigraram daqui ainda antes da guerra e agora agradecem a Alá por isso.

Não perguntamos nada a ninguém.

11 de julho de 2003

BIBLIOTECA ANTAGONISTA

1. ISAIAH BERLIN | Uma mensagem para o século XXI
2. JOSEPH BRODSKY | Sobre o exílio
3. E. M. CIORAN | Sobre a França
4. JONATHAN SWIFT | Instruções para os criados
5. PAUL VALÉRY | Maus pensamentos & outros
6. DANIELE GIGLIOLI | Crítica da vítima
7. GERTRUDE STEIN | Picasso
8. MICHAEL OAKESHOTT | Conservadorismo
9. SIMONE WEIL | Pela supressão dos partidos políticos
10. ROBERT MUSIL | Sobre a estupidez
11. ALFONSO BERARDINELLI | Direita e esquerda na literatura
12. JOSEPH ROTH | Judeus errantes
13. LEOPARDI | Pensamentos
14. MARINA TSVETÁEVA | O poeta e o Tempo
15. PROUST | Contra Sainte-Beuve

16. GEORGE STEINER | **Aqueles que queimam livros**

17. HOFMANNSTHAL | **As palavras não são deste mundo**

18. JOSEPH ROTH | **Viagem na Rússia**

19. ELSA MORANTE | **Pró ou contra a bomba atômica**

20. STIG DAGERMAN | **A política do impossível**

21. MASSIMO CACCIARI - PAOLO PRODI | **Ocidente sem utopias**

22. ROGER SCRUTON | **Confissões de um herético**

23. DAVID VAN REYBROUCK | **Contra as eleições**

24. V.S. NAIPAUL | **Ler e escrever**

25. DONATELLA DI CESARE | **Terror e modernidade**

26. W. L. TOCHMAN | **Como se você comesse uma pedra**

ISBN 978-85-92649-56-2

PAPEL: **Polen Bold 90 gr**

IMPRESSÃO: **Artes Gráficas Formato**
PRODUÇÃO: **Zuane Fabbris editor**

1ª edição outubro 2019
© 2019 EDITORA ÂYINÉ